U0037847

真・愷玹

曾愷玹 *Kai Kai* ——著

#KaiKai

Contents

#Chapter 1 **幸福不會自己來**

01 搖錢樹變盆栽 ——————————— 008

02 青春年少卻愛上操勞 ——————————— 014

03 人生有時就是會用錯力啊！——————————— 020

04 我曾經以為愛ㄍㄧㄥ才會贏 ——————————— 026

05 每個女子的靈魂裡，都住著女漢子 ——————————— 032

#Chapter 2 **愷愷的愛情，沒有大道理**

06 等待愛情，像找對衣服 ——————————— 042

07 一碗冒煙的拉麵 ——————————— 048

08 在婚姻中繼續成長 ——————————— 054

09 到更遠的地方談戀愛 ——————————— 062

#Chapter 3 **生命中最美好的禮物**

10 女兒的行李箱 ——————————— 070

11 重新過一次童年 ——————————— 076

12 坐在咖啡廳等女兒放學的第一天 ——————————— 082

13 我們都要比較愛自己 ——————————— 090

14 快樂自在 ——————————— 096

#Chapter 4　　**走進愷愷的日常**

15　家政婦的馭家術 ———————————— 104

16　明天上什麼菜 ———————————— 110

#Chapter 5　　**「愷愷流」的美麗日記**

17　「愷愷流」，Less is More ———————— 122

18　減重不重要?!不再稱斤論兩的日子 ————— 128

19　送給自己的禮物：身心最佳狀態 ———————— 134

附錄／愷愷 VS.陳姓男子的愛情老實說！————— 145

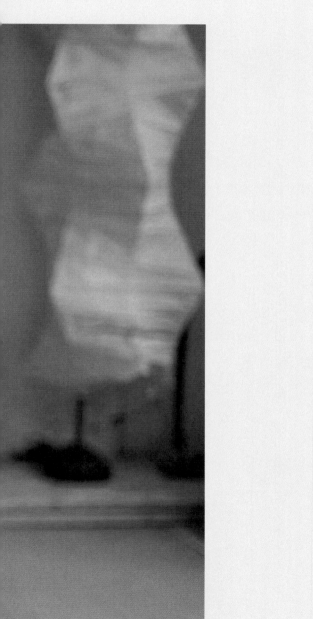

Chapter 1

幸福
不會自己來

01 —— 搖錢樹變盆栽

愛情，在意識斷片時到來。
不過，結了婚的曾小姐，還是曾小姐喔！

當了十年的演員曾愷玹，我覺得自己既不聰明，演技上也沒有天賦異稟，但我真心喜歡演戲。在那十年間，我長期熬夜、工作時數又長，生活毫無隱私可言，無論身體和精神的壓力都很大，雖然偶爾會動念想休息一陣子，但倒是從未想過要退出演藝圈。直到遇上老公——陳姓男子，是他讓我的戲劇人生出現了一大轉折，而且這個轉折還跟康永哥有關。

還記得是在一場精品活動上，我剛好坐在康永哥旁邊，當時我跟他還不熟，只上過兩次《康熙來了》，不過他知道我想換經紀公司，就給了我意見：「妳要不要來跟我老闆談談看？」於是就這樣，我見到了「陳老闆」，但因為這算是跟「長輩」見面，所以我提醒自己要恭敬有禮貌。

康永哥人很好、很熱情，之後傳訊息來關心我的決定，我還請他等等（果然因為不熟所以膽子大，哈哈）。

後來當了老公的他常常問我，為何會選擇他當老闆？看起來有點洋洋得意的樣子，認為一定是因為我被他吸引了之類的，但我就回答他：「沒有喔，只是因為你沒有畫大餅。」真的，最終吸引到我的，反而是因為他沒有亂開支票，例如信誓旦旦說一年要讓我賺幾千萬，或是說：「我帶妳去好萊塢拍戲！」這種圈內常聽得到的虛華的話。

在我們簽約後不久，我去遼寧拍攝一部戲，那是極冷的天氣，劇情裡卻是秋高氣爽，因此戲服只有薄薄一件，我記得當時冷到常常連要按手機發文，都會抖抖抖到無法按到正確的按鍵！在拍攝期間空檔，我還必須飛去泰國拍廣告，從呵氣會噴煙的寒地到一下飛機就是熱浪來襲的曼谷，我飛來飛去，連假日都在工作，身體也越來越吃不消。

有個開拍的清晨，助理發現我竟然沒有像往常一樣，提前一小時起床準備，便勉強叫醒我，我也費力起床硬撐著去化妝，沒想到才化妝到一半，我就從椅子上摔下來昏倒了，而且這一昏就沒再起來。劇組趕緊把我送去當地醫院檢查，然而所有檢查的指數都很正常，只是有一點心律不整，但我卻昏迷了一個星期，不僅意識不清，每天還都像是睡得很熟一樣。躺在床上時，我知道誰來看我，在我耳邊說話，但眼睛就是睜不開，身體也動彈不得，只能被強迫灌藥、喝水。

自從開始工作，我對家人就只報喜不報憂，不想讓他們操心，因此生病了，身邊來來去去的也就只有同事了。就這樣，時醒時睡的某一天，昏沉的我竟然看到陳老闆出現了！當時他推掉所有的工作，飛到北京轉來遼寧，再搭了好幾小時的車來看我。本來我以為，這位總是在全球大城市飛來飛去的老闆，千里迢迢地換了數種交通工具，只是來探視生病的「同仁」，沒想到他卻留下來陪在我身邊。

即便在這段生病期間，我的意識偶爾還是常斷片，然而朝夕相處下來，我卻感受到這位陳老闆雖然在討論公事時，嚴肅地不打哈哈、有擔當，但在陪伴我時，卻又呈現出另一面的溫暖與責任感。漸漸地，我開始對他產生了好感，而一向獨立好強的我，不自覺地逐漸依賴起他。

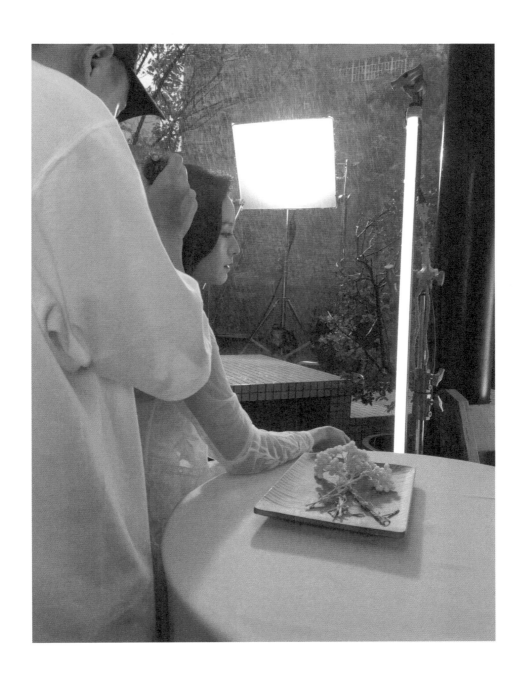

我們交往沒多久後，我就懷孕了！接著，「陳老闆」正式升任為「老公陳姓男子」，而我也暫時中斷了十年的演員身分。不過，請留意，來我家的訪客應該可以發現，我家門口清楚地呈現這是「曾小姐╳陳先生」的家～即便我現職人妻、人母了，還是超級珍惜自己靈魂裡那個很獨立、能打拚的「曾小姐」啊！

康永哥笑說，公司簽下我之後，他正準備要大「搖」一筆，想不到我卻被老闆娶走了！他還曾傳訊給我說：「奇怪，我的搖錢樹怎麼變盆栽了？」結果我回他：「哈哈哈，去問你老闆！」

02 —— 青春年少卻愛上操勞

我怕浪費時間，所以很打拚地學做事。其實，這很有可能是心理上的一種初老，急著從年少時就適應不同的環境，尋找每個面向的自己。

我還是個大學生時，就很熱中於打工，大概因為從小看著媽媽開餐廳，覺得自己算是耳濡目染，所以我就跑到咖啡廳打工，還膽子很大地負責結帳，以及在打烊前掃廁所。打工持續了半年多，我知道自己很難再學到新東西了，加上我的個性很怕浪費時間，於是腦筋東轉西轉，決定去擺地攤。

在一上大學之後我就搬出去住了，雖然事實上沒這個必要，因為我念世新大學，家裡又住在市區，不過我實在是太想獨立了，才會做出這個選擇！此外，我是靠推甄上大學的，不需要參加聯考，所以我比同學提前三個月放假，於是那三個月裡我就去駕訓班學開車，然後開始打工賺錢。

當時的我覺得自己長大了，想靠賺錢養活自己、過自己想過的生活，於是我跑去五分埔批貨，還四處尋找好的銷售地點，扛著貨去捷運站附近擺攤。現在回想起來，當時真不知道哪裡來的傻勁，常常一邊處理隔壁攤對我的刁難，還要耳朵很尖地躲警察開單，隨時準備捲貨快

跑！幸好勤勞是有代價的，我的生意挺不錯，還小賺了一筆。

不過，當媽媽發現我去擺地攤時，非常傻眼：「妳在幹嘛？」我說我想賺錢，她卻很納悶：「家裡又不是沒錢。」是啊！家裡環境其實還不錯，爸媽養活孩子根本沒問題，不過她就是唸了我幾句而已，也沒阻止——她知道她阻止不了！

謝謝個性中的「男子氣概」，讓我從各種嘗試中尋找自己
我常笑說自己的性格中，有男子氣概「粗勇」的一面，而媽媽沒有力圖阻止我東闖西闖，也是因為她深知我個性中的倔強與堅持。現在我當媽媽了，一方面很感謝她能適度放手，一方面也深深謝謝年少時的自己，花了很多時間勇敢嘗試、用力追求每一件想做的事。

當時的我越做越起勁，還曾經想嘗試舞文弄墨，應徵替兒童台寫歌詞，但是最終覺得寫得不夠好，就沒交出去。雖然沒有寫歌的才華，但還好我有減了嬰兒肥後的外型，才被認識的髮廊設計師看上，當了髮型模特兒，讓我開心地賺了一筆「靠面子」的錢。所以，我初次和演藝圈接觸時，雖然才十八、九歲，卻已經是很愛操勞的工作狂了，總覺得工作是比賺錢還有充實感的享受。

傳說中那種老派的、路人搭訕問「要不要當明星」的事，我的確碰過，但連當一回事去想都沒有，真正開始與演藝圈有關的機會，反而是來自當時的男友。當時男友是個錄音工程師，我有次去錄音室探班時，配樂老師就介紹我去廣告試鏡。那時候，我從沒覺得自己好看，只當這個機會就是個比較有趣的打工而已。

走進演藝圈，打工仔女孩的人生大排檔

我第一次拍廣告，是飾演一個去鐘錶店挑禮物送爸爸的女孩。我沒有演出經驗，也還不懂怎麼表現，後來播出的廣告畫面中，我看似專注地看著玻璃櫃裡展示的手錶，看似很有內心戲，然而這要歸功於導演很會帶戲。拍攝前他給了我一張照片，那是張上面有四、五十人的畢業照，他說：「等一下拍攝時，妳就專心看著這張照片，幫我數一數有多少人。」

後來那個廣告的宣傳量很大，引起的迴響也很好，我媽很開心，還把報紙廣告剪下來留念。之後在大學畢業前，我陸續接拍了一些平面或影片廣告，也算是個入行的兼職模特兒了。對我而言，這真算是開了眼界，覺得這個行業的世界有飛行、有專業，最重要的是很有趣！而我的父母雖然向來不太干涉我，但我會進入這一行，他們其實很訝異，因為我從小個性就很內向害羞。

在畢業後，我有機會去了香港當交換模特兒，一住就是半年。在那兒人生地不熟，又完全聽不懂半句廣東話，我卻充滿了興奮感，那股愛打拚的戰鬥力又大爆發了！我告訴自己，這就像出國留學啊。我每天在宿舍就聽粵語新聞，牙牙學語，等公司一有合適的試鏡、工作，就發簡訊通知我時間、地點。那可是還沒有Google map的年代，我就靠著公司給我的一本香港地圖，提早出發，翻地圖、找地址，對我來說，這過程就跟探險一樣有趣。

我的宿舍房間裡就只有一張床、一個淋浴間和一個馬桶，房間有附熱水壺，但沒有冰箱，我會去超市買冷凍水餃，然後把水餃丟進去熱水壺煮，週末再小小地犒賞自己吃大排檔，或是去夜店喝一杯。我骨子裡打工仔女孩的精神讓我時時提醒自己，很窮、要存錢，那段時光的我，是一個很勵志的女青年。

現在回想，香港工作的經驗很棒，我不曾讓自己有挫折感，也不曾感到孤單。當時結交的一些香港朋友，至今也都還有聯絡。這個天天向上的女青年成長了很多，接了不少案子，很節儉地像螞蟻存糧一樣地累積存款。那也是我第一次真正離開家，體驗了從小嚮往的獨立生活。

後來電影《不能說的秘密》徵演員，我回台灣試鏡，結果一去試戲就被選上了。那是二〇〇七年，我正式踏入另一個階段的演藝人生。

03 —— 人生有時就是會用錯力啊！

我們急著想成為各種場景裡的女主角，卻沒有真的找到對的方式，或是方向。我自己的人生階段中，有非常多的開關：POWER ON，POWER OFF。但是，我經常只想到，要趕快火力全開的 POWER ON。

國中時期的我，體重一度飆到六十五公斤，又白又胖，被封號為「包子」；更小的時候我則是長得又瘦又醜，連媽媽都心疼我像個難民，因此我從來沒有懷抱過明星夢。總之，直到高中之前，我就是個趁著媽媽餐廳生意忙，拿零用錢亂吃垃圾食物的、心很寬的小胖子。

應該是因為這個肉肉女孩人緣不錯，也很親切，所以竟然也有人追求！但上高中不久後，我有警覺到就算異性緣不錯，也不該任性地胖下去啊，於是開始認真地減肥，而且成效明顯，也會偶爾被稱讚漂亮了。

想做的事，想清楚了立刻做，這是我的天性。似乎我的各種人生路徑中，裝置了很多大大小小的POWER開關，讓我忙著檢查有沒有哪個開關沒有開啟在ON的模式？有時太急著開ON，或ON太久，不免就會電力暴衝～

使錯力氣亂爆衝，機運來時只能跳腳！

在《不能說的秘密》之前，曾有導演找我演出劇集。我不會騎摩托車，可是那個角色需要會騎車，而且非會不可，不能刪也不能改，我於是下定決心非學會不可，然後天天練騎。

劇集開拍的前幾天，我在練車時跌倒，腳背上破了個大洞，帶著傷就進劇組了。雖然心情緊張、工作步驟又快，但我還是得偷時間練車，希望自己務必要能表現好，那可是我第一次當女主角啊！忙亂中，我忽略了擦藥養傷口，沒想到拍了幾天後，我的腳竟然腫到連鞋子都穿不進去。我記得當時服裝組的工作人員幫我換藥時都驚哭了，因為傷口一直流血、流膿，看起來真的很噁心。

我的腳傷持續又熱又痛，從小腿一路黑到膝蓋，我不得已只好跟導演請假去醫院複診，結果醫生一看到傷口就說：「搞成這個樣子，這已經是蜂窩性組織炎了，妳想截肢嗎？立刻住院！」當下我在診間大哭了起來，心想：「完蛋了！」第一個念頭不是擔心截肢，怕的是整個劇組都在等我，那可是一份群體工作，該怎麼辦？我要怎麼跟所有工作人員交代？而且，第一次有演戲的機會，我拚命到腿都變黑了還想演，卻被自己的急性子和粗心給搞砸了，我真是氣自己氣得哭了。

最後，我演出女主角的機會飛了，還因此住院兩個星期。由於我受傷的右腳腫得很大，我只能使用左腳單邊的力氣，跳去上廁所、跳去洗澡，後來整整半年都沒辦法好好地走路。

急性子的人生，需要停下來深思慢想

掰咖到做什麼都急不得的日子裡，我終於被迫慢下來看看自己，那個在人生的主控室裡，只盯著看是否每個開關都ON了沒的自己，卻沒有一個會思考的腦袋智慧面板，調整該OFF時就要OFF。我一向自豪自己是行動派的「曾漢子」，這刻跛了才深深體會到，人生有時不能用錯力啊！

後來，當我拿到《不能說的秘密》的試鏡腳本時，才發現那是場哭戲，個性又急又容易緊張的我，當時真希望有個「演技變厲害」的開關。我一度害怕得想逃避放棄，在家裡的鏡子前掙扎不已，幸好以前那個打工刷馬桶、擺地攤、很愛打拚的我還在；幸好那個沒當上女主角的慘痛經驗還在，我說服自己不要胡思亂想，只專注在嘗試如何哭對情緒上。等到正式試戲時，準備好的感情，再加上不知道哪根筋爆開了，連我自己都覺得「哭得很到位」。

紀錄上，《不能說的秘密》是我的第一部戲，像是一種正式出道。而在我的腦海裡，那個跳腳大半年的女孩，幸運地在自己的人生內心戲裡出錯、認錯，努力地調整生命的方向～

04 ── 我曾經以為愛ㄍㄧㄥ才會贏

有時，所謂真我的本色，反而是成長的盲點。

ㄍㄧㄥ，就要ㄍㄧㄥ在耐力、意志力上，然後心平氣和不沮喪。

想想真的很幸運，我拍的第一部電影《不能說的秘密》，其實就像是在演自己。還記得攝影師跟我說：「這教室妳怎麼走都行，我就跟著妳拍。」這一次，我感覺到自己在狀態上的自然放鬆，沒料到竟然還被提名了金馬獎最佳女配角。雖然最後沒有得獎，但《不能說的秘密》讓我暗暗決定，這應該是一條可以繼續走下去的演藝之路，我也可以隨著年紀演出更多元成熟的角色。

樂意聆聽，內向慢熟的女孩也有好人緣

同學們發現我成了演員，都滿驚訝的，就連我爸媽一開始也都處在震驚中。他們從小到大認識的曾愷玹，是個內向、不會主動溝通的慢熟女孩。好比國中時和同學去看電影，要去售票處買票，我都會備感壓力而不知所措，因為必須跟陌生人打交道；更小的時候去爸爸開的獸醫院裡，即便我多麼想和「病患本人」（動物們）互動，但只要一看到「病患家屬」（飼主們），我就會先躲起來，生怕要開口說話，或者和陌生人相處。

雖然我如此害羞，但我善於聆聽，加上後天養成「很會看眼色」的習慣，所以雖然我話不多，但也能靜靜地在朋友圈裡擁有不錯的人緣。原本我以為順著機運，憑著自我的本色，就可以掌握演戲的門道，後來才發現，演員其實真不是一件常人幹的工作！必須要心靈豐富、身體強壯！

嚴厲的導師，才是幫你看清楚弱點的魔鏡！

拍完《不能說的秘密》後，我小有信心地接演電視劇，但很快就發現，現場此起彼落的術語，例如走位、ZOOM IN等等，我都沒聽懂。不久，導演就好幾次對著我吼：「妳出鏡了！」、「天啊！妳還走出去！沒光了啦！」從第一天起，我就處在一直被罵的狀態。

我雖然內向，但夠ㄍㄧㄥ，導演罵得再難聽，我在現場也絕不落淚。回到家後再拿起劇本嘗試，想到從來沒被罵這麼慘過，還是忍不住哭了，但哭完了，又繼續讀本練習。被罵我能夠接受，因為知道自己沒做到導演的要求，但我提醒自己，ㄍㄧㄥ，就要ㄍㄧㄥ在耐力、意志力上，所以隔天去片場，就能保持心平氣和、不沮喪。

就這樣，被罵了好幾個禮拜後，有一天導演叫我：「妳，曾愷玹，來來來！」我走過去的心情很不安，覺得自己要昏過去了，但還是強作鎮定。隨即，他語氣緩和下來，指著小螢幕說：「以後沒上場的時候，就來我旁邊看Monitor，不懂就問！」這平淡無奇的小小螢幕，在整個拍攝期間就成為我的魔鏡。化身為旁觀者，看著螢幕裡所呈現的肢體動作、對白反應，就能很清楚地看見自己有哪些沒到位的表演，也很明確地看見對戲的好演員們的精采演技！

拍這部戲，有如經歷了一場震撼教育。我很像那種長大後回過頭感謝老師的學生，對兇巴巴的導演充滿感激！我領悟了什麼是專業表演，以及自己要磨練的方向，此外我也發現，向來做事先拚衝勁的我，必須要找對方法慢下來。後來，我只要一拿到劇本，就會像學生一樣，在每一頁逐字逐行、密密麻麻地寫滿筆記，我還常把它們在地毯上排開來，順著自己鬼畫符的筆跡，先在腦袋裡排演一番。

05 —— 每個女子的靈魂裡，都住著女漢子

在戲裡，我演出角色的靈魂；在生活中，我訓練自己成為一個心靈強壯的女性！

我話雖不多，但「內心戲」可多了。因為善於聆聽、也用心記住每一次的學習經驗，累積了不少想法，就嘗試著演戲時，在扮演的角色中帶入自己的體會。我學習先忘記「曾愷玹」這個人，再根據編劇的情節，去揣摩飾演的人物，應該要怎麼說話、怎麼反應？例如要表現生氣的情緒，如果劇本的設定是個性文靜的人，是會失控地發出尖銳的聲音嗎？或是演出一個滿腹仇恨的女人，該怎麼牽動臉部的肌肉，才能適度地表現出快要爆炸的情緒，而不會只是表演成一個膚淺的潑婦？

藉著揣摩這些虛構的人物，我也會回過頭來對照自己，比較「我和我演的角色」之間的差異，像是劇中她對人生、對感情的追求，或是她的生活磨難，其實都不是年輕的我遭遇過、想像過的。這段拍戲的日子，倒像是我「過了很多種類的人生」，間接從演戲中體會了人情世故、冷暖際遇，讓我覺得自己快速地變大人。

職場有時也是人生的道場，在群體中學會情緒管理

很奇妙的是，畢業後進入演藝圈這樣的工作職場，很像是現在流行稱呼的所謂「人生道場」，有虛擬的生活場景（演戲）、有實際的現實場景（被罵），對著螢幕看自己的表現，一次一次修正投入的情緒，例如感情放太多會很滑稽，放太少會沒表情，甚至連眼球移動的頻率都要控制，慢慢地把當年那個害羞內向的我，磨出自信心。漸漸地，我開始懂得在團隊裡釋出恰如其分的熱情，表達適當的情緒，後來跟我相處比較久、比較熟的工作夥伴，還會慫恿我去當諧星！

曾經有一場活動，大概是事先沒聯繫好，現場竟然沒有找到髮型師！幸好我習慣早到，及早發現了，但這場活動的主秀就是一頭飄逸的長髮，當場團隊們都嚇傻了，忍不住你來我往地先追究對錯。我記得自己當時只說了一句：「我自己來！」然後在大家都還愣在原地時，開始分配任務去借吹風機，等吹風機出現時，活動也快開始了，我迅速地憑著印象中專業髮型師的拉扯方式吹整頭髮，還好最後仍是個得體的模樣上台。

我是「女漢子」！挺住，就是一種意志力

大部分人對我的印象都是柔柔弱弱的，但其實我的靈魂裡有個和外表不一樣的女漢子呢！只有在需要時，才會把她召喚出來，有時表現出超強的臂力（我很能扛重物），連在家裡，媽媽也覺得我是兒子般的女兒！

這個被召喚出來的女漢子，幫我度過在酷寒的片場，狂拉肚子暴瘦剩四十公斤的時期；幫我在荒山野嶺的拍戲現場，敢大著膽子到草叢中撐把傘就上廁所；也幫助我在工作表現不夠好、被導演磨練時，在心裡告訴我：挺住！即便現在只是在「操持家務」，我都能叫出強壯的她，訓練自己成為有效率的家政婦，哈哈！

回想起過去，上山下海賣力演出不同角色的日子裡，我會微笑；後來演出《幸福蒲公英》的過程中，我也常忘我地進入角色裡，真情流淚。那時我很開心對於演戲有了開竅般的領悟，但沒想到不久後，我就懷孕了。

遺忘，對親密關係有益！

這些年，偶爾卸下家政婦身分，參加精品美妝派對活動時，難免會微微喟嘆，還真有點想念空中飛人的演員生活呢！老公會說：妳忘了？哪一年哪一次工作的疲累啦、痛苦啦等等。我還真容易忘記不開心、不愉快的事！記性不好一定是我最大的優點，哈哈！我會記得事情發生當下的感受、聲音或味道，但具體的事件和原因則常常過了以後就忘。

我問老公：我記性這麼差，要不要去看醫生？他說：不用啊！這樣活得很快樂、很樂觀，不是很好嗎？我老公則是記性很好，好到我們哪一年去哪裡、去過哪家店、走過哪條路、發生什麼事都記得一清二楚。

好吧！不知道是誰說過的，記性不好，可是對婚姻有益呢！

Chapter 2

愷愷的愛情，
沒有大道理

06 —— 等待愛情，像找對衣服

我相信就是會有一件剛剛好寫著妳的名字的衣服，妳的愛情！

姐姐曾經對我的愛情觀下過評語：太冷靜。

為愛瘋狂？其實我也是會的，但在全心全意戀愛的過程中，我還是藏著一雙理智的眼睛，不會無極限地眼盲、理盲，一旦確定不該再愛下去了，就會轉身離開，毫不眷戀。或許是因為「金牛座」的關係吧？（硬要賴給星座），我很在意交往過程中的安全感。信任是必要的，但除了互信之外，我想要的安全感還來自於彼此的個性是否合拍？相處是不是自在？價值觀是不是接近？這些點點滴滴都會讓我的理智之眼張開，並看出曾經發生過的哪些摩擦是因為彼此觀念真的不適合，一旦自我分析後，我就會頓時覺醒，然後想從愛情裡逃走。

所以年輕時，當我主動開口說要分手的時候，對方會既錯愕又震驚。那時的我，無法以言語表達為何自己不該再愛下去了，也不知道該怎麼分析，讓難過的對方了解，他應該去找更適合他的女孩子。談戀愛時的我，還是務實又理性的，只是當時年紀小，沒有足夠的「情商」處理，能減少情傷，變得更勵志～（例如，下一個女友會更好！）

硬心腸不復合，是因為分手也要帥氣啊！
談戀愛也該斷捨離

至於那種戀愛中會發生的常有案例：背
叛，我是肯定不會心軟原諒的。我被劈
腿過，根本不需要等對方承認，就會斷
然分手！對我來說，背叛意味著你還想
要有其他更好的選擇，但又捨不得做決
定，這麼反反覆覆的猶豫心態，就由我
來快刀一斬吧！至少傷害還不至於變成
仇恨，還能留下些許美好的回憶。

網路上很多文章討論：「該不該跟前男
（女）友復合？」，我是斷然不會的。
（嗯，又是「斷然」，我是有多硬心腸
啊！）原因有點太簡單：因為這樣就太
不帥了啊，哈哈。我主觀地認為，不管
是因為哪種因素分手，會輕易回頭說：
「我後悔了。」多半只是因為怕失去的
風險，而非是真的珍惜，這樣再接著走
下去的愛情之路，我認為只會增加更多
的不安全感。而會讓自己焦慮猜測、提

心吊膽的感情，不是我能承擔的。對我來說，情感這件事，也是一定要用上「斷捨離」的啊！

傷心不要太久，人生不要浪費在痛哭流涕上

雖然我從小的異性緣還算不錯，一直有人追求，只是失戀幾場也是難免的，但因為當時年紀小，感情不順就像失去生活重心，一失戀就有如喪屍一樣。在累積了一些「經驗」後，我教會自己，面對失意就去把生活排滿、轉移注意力，或是沒有目的地地開車散心，等心裡比較平靜了，再讓Google map陪伴著回家。這就像練功一樣，果然有效！後來碰見分手的狀況，我只要哭個兩、三天就能回神，把心情平衡好。人生實在不宜沉溺在無用的傷感上，keep going，說不定轉個彎就能遇見屬於你的幸福。

現在我也是這樣教育女兒的，碰到傷心的事，淚流了、發洩了，就要安靜下來，不要鬧個沒完。傷心太久，是一種生命的浪費啊！

也許是以前常演出別人的感情內心戲，讓我被訓練出盡快抽離情緒、平靜下來的習慣，我也常藉著劇中人反思，若是換成我自己，想要什麼樣的愛情或伴侶？

等愛的女孩，在等著那個「剛剛好」

我猜，大部分的女生一定都認為自己要的不多，我也是一樣。只要他有肩膀、做人處事負責任，不用多superman，能勇於解決問題，就

是最重要的「條件」了。男方的經濟狀況，我從來都不覺得是最該優先考慮的，但是，我期待他看得清楚自己的能力，不要只是個眼高手低的夢想家。

某次採訪時被問到，我會給還在等愛的女孩們什麼建議？我有個比喻是，愛情就像是找對衣服，常常我們試了一件又一件就是不合適，但我相信就是會有一件剛剛好妳會穿對的在等妳，不管材質、價錢、新舊，就是合適妳、服貼著妳。

我曾經有段對世界很有戒心的日子。那時候，我有點小小的知名度，卻反而成為了平常生活的負擔。於是我變得更寡言、更少出門，在媒體採訪面前，也更小心翼翼地保護自己。走在路上我會戴口罩，但包

緊緊的，還有我的心房～直到遇到我老公，我才緩緩地卸下了戒備。他「剛剛好」地以分享談心取代熱烈追求；「剛剛好」地有自信又有自覺；「剛剛好」地大我十多歲，有時會給我嚴肅的意見，有時又像我的大玩伴。

請相信，妳就是會找到一件寫著妳的名字的衣服、妳的愛情，而他就是剛剛好屬於我的，陳姓男子。

07 —— 一碗冒煙的拉麵

不要輕易地說：我們分手吧！對待真心、在意的人，千萬要把快
說出口的狠話留在嘴邊。

剛跟「陳姓男子」交往時，我們出國填寫的海關入境表格，他
在職業欄上幫我填的是「ACTRESS」，婚後，他就順手改寫為
「HOUSEWIFE」。

我會翻翻白眼，但發現自己竟然還頗能欣然接受。當年，我們是在戶
政事務所登記結婚的，記得出發前，我「耳提面命」地提醒他，婚後
婚前不能有差別喔，還是要像天天在談戀愛一樣！當時，不知他是太
緊張還是後悔ing，他沒有回應我～但我還記得，當下自己其實默默
地對他很有信心！而信心，則來自於相處時，點點滴滴的體會。

時間，是情人間最珍貴的付出
表面上，他經常在說大道理、經常在地球上飛來飛去，長年的單身漢
加上比我年長許多歲，他非常合理地應該是個頗為自我中心的大叔。
但事實上，恰恰相反。從一開始談戀愛，他就很配合我的工作型態，
極低調地交往，即便有空來探班，也是租一部不起眼的車，偷偷在遠
處等待，就怕打擾到我。不管是分隔兩地，還是才剛約完會後分開，
每一天，我都會收到他的短訊，讓我感受到的不只是戀愛中的熱情，

還有很明確的安全感～

此外，他也很愛老派的「接送情」路線，在車上聊天特別貼心。他還會以理智分析的方式，分享他的感情觀，然後默默帶到一個總結式的建議：找對象，還是年紀大些的成熟。我則淡淡客氣地說：「是喔！」然後在心裡偷笑。

我一直深信，時間，是情人之間最珍貴的付出，一個願意奉獻時間給妳的男人，至少是真誠對妳的人。

在成為情侶後，不愛外出趴趴走的我們常選擇窩在彼此家中。有潔癖的我，並沒有因為是女朋友了，就進軍他的單身漢家中大肆打掃。我猜，男人喜歡那種

蝸居的安全感，如果我貿然前去清理，一方面會暴露出自己有點嚇人的潔癖，一方面則是越界了，我覺得他會不安。我猜他也知道我的想法，所以就很配合地在我家偶爾過著兩人世界。

兩人世界，需要新的秩序，爭執時，記得要閉上嘴巴啊！
對一個眼中容不下凌亂的人來說，生活中的小事，很容易讓人抓狂！一起生活後，從多出一根牙刷，到他的大小瓶罐陸續出現在我簡潔的浴室架上，隨意地擺放著，種種生活習慣與瑣碎事物的考驗，就是我們正式邁向「相愛容易相處難」的關卡。

記得我像小偷一樣，偷偷地把他的瓶瓶罐罐收進浴櫃裡。然後我觀察了幾天，發現他有時記得歸位（他有發現我收拾過）、有時忘記，幾次下來，我對自己宣告：擺出來就擺出來吧！我只要把它們排好隊就好～然後我在心裡默默地設定好方針：尊重妳愛的人，不要只想以自己的秩序為優先，也要尊重他的生活方式。

當然，兩人難免會有意見不合的時候，但我仗著自己年紀比較輕，脫口而出的狠話一開始真的沒少過！也上演過奪門而出的戲碼。有一次，他鄭重認真地告訴我，不要輕易地說：我們分手吧！對待真心在意的人，千萬要把快說出口的狠話留在嘴邊。很生氣的時候，誰都可能說出不是本意的、惡毒的句子；氣很容易就消，但惡意卻可能被留了下來，逐漸地傷害感情，變成陰影。

這個道理打動了我！或者說，他表達的認真態度感染了我。逐漸地，我們不再在意見不合時以言語攻擊對方，並且會閉緊嘴巴，冷靜情緒。還在談戀愛時，即便吵完架後分開，他也會在「事發」後回家的路上，大概不超過一小時內，就發訊息向我道歉。現在想想，真慶幸啊！否則以我衝動、不拖泥帶水的個性，嘴巴鬧著說分手就馬上快閃走人的風格，也許差點就這樣閃掉了幸福。

閨蜜好友們談起自己的感情心事時，都有不少的坎坷經驗。我靜靜地聽，知道自己是幸運的，也許老天爺分配給每個人的福田不一樣，而我深信祂給我一塊家庭的福地，讓我能深耕，有滿滿愛的收穫。

一碗差點分手的拉麵

話說回來，情侶間最容易火起來的點，還真的是芝麻綠豆大的小事。話說有一天和他的朋友們一起到拉麵店嚐鮮，我還正在埋頭看菜單，就聽到陳姓男子已經幫我點好了餐。我知道自己闔上menu、抬起頭來的那一刻，眼睛應該有冒火，但我按捺著沒在他的朋友面前發飆。

等到我們事後獨處了，他很識相地輕聲問我：為何吃飯時不開心？這時的我算是進步了，能夠以冷靜的語氣告訴他，這碗麵不是我想吃的。他是聰明人，這麼無厘頭的開場，他馬上明白過來，然後趕緊宣布，以後不會再犯這樣的錯。我知道不需要再往下解釋，他已經了解到自己撈過界了～再親密，都不該擅自替對方下任何決定，雖然「只是一碗麵」。

現在，除了工作上的事由我自己的意願決定，陳老闆從旁提供意見參考外，餐桌上的「大事」，那就是曾大廚說了算囉！

08 —— 在婚姻中繼續成長

白頭偕老意味著一輩子有共識。兩人關係中的角色，有時是互補，有時是互換。

女兒還小的時候，我開玩笑地問老公：「你比較愛我還是愛女兒？」他說：「當然是妳啊。」他永遠是老婆第一。後來女兒也會問他：「爸爸，你比較愛我還是麻麻？」我老公的回答都一樣：「麻麻。」我女兒沒問為什麼，只是默默接受。我覺得挺好的，這代表她知道爸爸很愛媽媽，而媽媽很愛爸爸。

我們之間有個共識，就是小孩長大後會離開，而夫妻是要互相倚賴一輩子的，所以經營我們倆的關係比較重要。

主婦，就是家庭裡的專業經理人，要聽她的！
有天晚上老公洗完碗，嘆口氣坐下來看著我：「欸，小時候我爸吃飽飯就坐在沙發上看電視等泡茶，哪像我只要在家就幫妳洗碗！」我毫不同情地立刻提醒他：「喂，陳姓男子，你娶的是八〇後的女生！現在是二十一世紀，OK？」他愛討拍，我就配合演出不領情的戲碼，但事實上，不出國工作時，陳姓男子過的是三餐營養均衡、比正常還正常的日子。這幾年健診，醫師比對婚前的各種檢查指數，還會開玩笑地讚美他，現在擁有的是回春指數呢！

也許是因為比我年長十多歲，所以他有溫柔忍耐的功力。有時，他陪精力旺盛的女兒玩了一天下來，腰痠背痛之際，他會誇張地假裝好懷念以前單身漢的時光，哀怨現在從良了，朋友也不找他「匪類」了。我早看透他在演戲，一邊提醒他，隔天一大早要陪女兒逛樂園，一邊抽走他的零食。現在的他，經常欣賞著和女兒的自拍，不時po在臉書上，當作我們的家庭日記。

一個在公司管理經驗豐富的老闆，回到家時樂意服從另一個老闆，我在心裡默默地感謝。他果然遵守對我的承諾，不會任意地指點我該做什麼、不該做什麼，但是會在生活中用心觀察我的需要，默默協助我。

老公，可以是最好的朋友

懷孕時，我仗著力氣大，只要潔癖犯了，就自己扛大床換床單，一直洗著洗不盡的衣物。他在旁邊看著很緊張，但又不好干涉，只好搶著替我扒床單，然後快速買了烘乾機，以免我曬衣服時爬上爬下地很危險。要產檢的日期，他一定會細心事先挪開工作檔期，盡量不讓我一個人去。雖然我不至於仗「肚」欺人地要他在深夜裡買食物，但只要我稍稍流露出飢餓的眼神，他就會穿上外套去覓食，回來餵飽孕婦。

對他的成熟，我有深深的敬意。我很慶幸在最合適的時機遇到他，他

的從容、高情商，讓我們彼此能舒服地做自己，並且讓我在婚姻裡再度成長。我常跟他說：「你是我最好的朋友。」嫁一個比自己大很多的人滿好的，是夫妻，又亦師亦友。

在他面前，我的喜怒哀樂藏不住，會全然地放鬆；不過我偶爾也會保留一些自己的意見或想法，選擇性地不說。畢竟再親密的兩個人，觀念也不會完全一致。小時候我目睹爸媽爭執吵架，很難不聽到他們彼此脫口而出的話，那些話語說出來只會傷人，根本無法改變什麼，所以即便我們夫妻之間沒有大秘密，我也不會肆無忌憚地想到什麼就說什麼。

和老公交換朋友圈，認識對方的世界

在朋友間的聚會或是社交場合，我很樂意給老公面子。「給面子」似乎很抽象，但在我看來，無非就只是讓大家感受到我對老公的尊重，甚至是尊敬。還是情侶時，他帶我出席朋友的活動，會頻頻關心我是否能夠融入，有沒有被冷落？但我會讓自己喜歡他所喜愛的朋友，這時的我已經放下個性中比較ㄍㄧㄥ的「曾小姐」，樂意扮演細心傾聽的「陳太太」。

不過，我也會帶他到「曾小姐」的場子喔！帶他一起逛家裡附近的傳統菜市場，還有一家家我常出沒的小店。我會指指提著菜籃的他，介紹給菜販老闆、肉販老闆娘，說：「我老公啦！」可憐平常睿智威嚴的陳姓男子，此時就只是曾小姐的老公，負責提菜籃，哈哈！到了現在，他也都能琅琅上口，該買哪種有機米、如何少用保鮮膜等等，還頭頭是道呢！

一家之主也是一門需要學習的課程

婚後不久，女兒來報到，很長一段時間，我都埋頭在做不完的家事清單中。老公常會默默地把冰箱裡的水果拿出來退冰，好讓我記得要吃水果；如果他飛行到時差大的國家，會算好台北當地的時間，打電話給我和女兒，來場睡前聊天。有次當我醒來，心裡正納悶著，應該要

09 —— 到更遠的地方談戀愛

旅途中，我們幾乎不會浪費時間吵架，只會偶爾搞笑地拌嘴。當你和伴侶在一起，能像自己和自己相處一樣舒服的時候，應該就是幸福吧！

我愛做筆記，是因為記性不好。有一天，我在片場隨意翻到筆記的摺頁，發現裡面夾了一張世界地圖，當下立刻知道是來探班，但又怕打擾我太久的陳姓男子留下的。只見潦草的筆跡在地圖旁小小地寫著：我想帶妳遊歷這個世界。

那時候當然備感窩心浪漫，直到後來才發現，他的工作本來就要繞過大半個地球呀！就算為了實現這個承諾，加些路線，也不難達到至少環遊世界一半的目標，怎麼感覺像是我在搭便車？想想真是有點太便宜他了，哈哈。

相戀以後，我們的第一次旅行就直奔紐約。我剛結束活動，臉上頂著濃妝，還來不及卸妝，就拖著大行李趕車到機場與他會合。我還記得一路上心裡有點忐忑不安，第一次旅行就選擇地球另一邊那麼遠的地方，會不會太冒險？萬一還沒玩完，兩人就玩完了，那怎麼辦！

我是那種會先把所有悲觀面想一遍，然後就樂觀起來的人。果然，一起旅行的感受，多半是有趣美好的～當然，也會有一、兩次吵到奪門而出的時候，有時衝出去的路上還是東方臉孔（應該是日本）；有時衝到外頭擠在各色人種中（應該是紐約），心裡邊生氣邊默數，幾分鐘了，他到底是有沒有要追出來？哈哈。

很難記起來到底當時是為了什麼事吵架，大概都是些很瑣碎的小事吧！可能因為那時候兩個人才剛在一起不久，彼此都有不確定感，很容易就放大了摩擦，很容易覺得「你不愛我了」，情緒就更大了。

有你在，去哪兒都好

幸好我有一位願意先說對不起的情人，他會提醒我，除非是真的要分開，否則不要輕易說重話。這些零零星星的吵架很快就淡掉了，就像是鬥嘴，在往後的回憶中，反而增加了小小的樂趣。這些過程，也讓我們感受到彼此的理性，所以我們在異地即便整天相處，也一樣自在舒適，知道兩個人是可以一起走到天涯海角的～（總不能一路吵吵鬧鬧地環遊世界吧？）

從情人變成老公,做旅遊規劃的都是他。我很樂意去他愛的美食店、潮牌店、任何地方,也可以藉此了解他的喜好、想法。對於旅行,我覺得相伴的意義遠比去哪裡重要,他興奮地想分享給我的事物,對我來說,那才是旅程中最美的風景。

結婚後,還是要在旅行中重新溫熱愛情

婚前,在異國城市裡,我會比他更早起,因為梳洗打扮都要花時間,我不想讓他多等。一整天的親密相處下來,更容易發現彼此的脾氣與習慣。幸運的是,對於生活上的差異,我覺得彼此都有相當的耐心,也樂意嘗試協調。婚後出門旅遊,我更自在了,也沒有需要再早起打扮了,我當作是出國補眠,在飯店狂睡,不理一旁哀嚎肚子餓的老公,只顧蒙

著被子繼續睡，打發他自己去吃早餐。

老公出差時，若規劃好工作空檔，我們就會一起來場小旅行。我偏愛T恤、牛仔褲，但會在行李箱裡備上一、兩件小禮服，若碰上需要陪他參加應酬時，就不會失禮。他知道我在宴會派對中向來比較沉默，所以只會安排幾個必要的社交活動。當然，我會在事前做點功課，對宴會裡可能碰到的人及話題，都先知道個輪廓，這樣才能在整晚的派對中，合宜地表達應對，成為他身邊相襯的另一半。其實應酬最累的反而是歐洲的晚餐，總是吃得超級久啊～

當我們舒服地在一起，就是幸福吧！
算一算，在結婚前後，我們一起去過十幾個國家、逛過非常多的博物館、藝術展，我喜歡荷蘭這個熱情溫暖的城市，但也樂意陪他一再地到他愛的東京。我們一起驚喜地發現各種美景、美食，也一起昏睡到錯過澎湃的早餐。我一樣會在旅行中空出腦袋，容納他所喜愛與分享給我的事物。旅途中，我們幾乎不會浪費時間吵架，只會偶爾搞笑地變回兒童狀態的拌嘴。

我們也會一起看各自拍的照片，互相抱怨對方把自己拍得好醜，但都笑得很開心。我還拍了很多種形狀的雲朵，在飛機上、在路上、在等候他的咖啡廳、在靜靜的公園裡。有時實在看不出它們到底有沒有在動，反正就由我為它們加上心情的塗鴉，他意外地很喜歡這些照片，但會邊看、邊笑罵我有沒有在認真旅行。我想，當你和伴侶在一起，能像自己跟自己相處一樣舒服的時候，應該，就是種幸福吧！

Chapter 3

生命中
最美好的禮物

10 —— **女兒的行李箱**

如果有一天女兒長大了，時光機也被發明了，希望她會想回味
的，是世界不同角落裡，有我們陪伴的童年回憶～

生產後，老公仍然會約我去旅行，而且是沒有小孩的行程。他說那對
我來說才是真的放假，畢竟小孩在旁邊，怎麼可能放鬆？我當然覺得
超讚的！沒想到等我餵完母奶，找到機會出國時，一上計程車就掏出
監視器看女兒，畫面一出來就開始哭，心裡想著：她還在睡覺，等她
起床就看不到我了。

那段時間裡，我出國飛幾次就哭幾次，後來才慢慢調整心情，比較可以放得下了。幫忙帶她的阿姨把她照顧得很好，我會透過監視器看她，也每天打電話給她，現在我出國不再哭了，還會偷笑。

等到女兒聽懂話以後，只要我和老公出國，我都會先跟女兒說清楚，像是要去幾天、去哪裡、哪天出門、哪天回來，雖然她似懂非懂，但這樣的說明能讓她感受到我們對她的尊重。女兒平常就很會撒嬌，我們出國了，白天她通常沒什麼不一樣，不過睡前就會開始想媽媽，哭個三分鐘，但她會躲起來哭，不會哭給我看。

媽媽不在家的時光日曆，讓她了解分開、想念、回來了的意義

因為還小，不懂如何計算日期，我就手作日曆讓她數，一天畫一張圖，而她從baby的時候就知道一天要撕一張圖畫。等她長大一點後開始看卡通，就會要求我畫卡通裡的角色，我就畫佩佩豬啊、麵包超人，讓她看著這些圖畫每天倒數，如果還剩三張，那就是代表媽媽還有三天就回家了。

到了現在，我會邀請她一起畫，我畫一個、她畫一個，我們再一起布置繪本，共同創作這本《媽媽不在家的時光日曆》。有次我打掃時掀開抽屜，發現她把從小到大的這些繪圖日曆都堆在一起，她還大叫著不准我丟，當作寶貝一樣。

後來第一次帶女兒出國，在規劃上我們
會先打安全牌，以讓她覺得新鮮有趣為
目標，畢竟兒童的注意力持續不到十分
鐘。所以我們選擇去峇里島，因為女兒
喜歡玩水，果然幾天下來，她對於出國
旅行的印象超好，在水裡的樂趣快速地
降低了她對於環境的陌生感，之後就計
畫能再帶她到更遠的地方。

帶孩子去旅行，嚴格說來比較像加班，
從打包行李開始，就是對我這個清單狂
的大考驗。我和老公向來各自打包自己
的行李，不會干涉對方「該帶什麼」，
但小人兒的行李就讓我煞費苦心了。

旅行的意義，累積家人愛的回憶

很難想像我一定會為女兒先帶上一大瓶
家裡的水。旅途中，從熟悉的水質，再
逐天混搭當地的飲用水，盡量避免一落
地就水土不服。還有她習慣的點心，能
讓她累了「番」起來時，穩定她的心
情。這些瑣碎的準備，能讓小人兒在異
地有安全感，也才能讓她跟著大人學會

享受遊歷的樂趣。現在她有一個小小的行李箱，可以在機場裡自己提著跟在父親後頭，邁開小小的、快樂的步伐，知道我們會帶她到有趣的地方看世界。

這些年，我們一家三口最常造訪的地點就是東京，在這個既繁華又優雅的城市，還有不同的公園裡，陪她散步、玩簡單的兒童設施，老公還為女兒找到了有趣的貓頭鷹咖啡廳，看她眼睛發光聽著貓頭鷹的叫聲，自己也會樂得咯咯笑。我們也帶她逛博物館，小小聲地為她解說，以免小人兒不耐煩，到了現在她還能在博物館的休息區秒睡，貼心地沒有哭鬧。

我想，這應該就是旅行的意義吧！在不一樣的場景裡，你所愛的人全都聚在一起。

隨著女兒越大，能去的國家越多，我已經偷偷跟女兒打勾勾，我們母女倆未來可以一起結伴去非洲、極地、坐熱氣球等等更遠、更刺激的行程，讓老公悠閒地在家吹冷氣，換她陪我繼續玩遊世界去！

11 —— 重新過一次童年

陪伴孩子成長，只是個選擇，不是取捨也非犧牲。

有天下午，我實在睏了，便跟正在自己玩的女兒商量：媽媽要睡一會兒，妳一個人看卡通可以嗎？然後就沉沉睡去。結果醒來前，我感覺到自己的臉頰被輕輕地、有節奏地拍著，我有點捨不得把眼睛打開。小人兒長大了，靜靜地陪著我，這讓我眼眶有點濕，但笑著醒來。

陪女兒成長，讓我也像重新過了一次童年。這就像是某種自我療癒，因為我的童年太短、太獨立，也有點寂寞。

我在家排行老二，從小就很安靜。姐姐是那種眼睛又大又圓的女生，比較得寵，我則又瘦又乾，比較不受重視。小時候親戚送玩具，一定是姐姐先選，我後選，選完她還會說：「我跟妳換，我要那隻粉紅兔子。」那時候大部分的時間我都待在獸醫院的閣樓，自己跟自己玩。童年的我不太講話，要不就是自己跟自己對話，媽媽甚至說我從小就很會看眼色，感覺爸媽快要吵架了，就會躲起來。

到了上學後，我很羨慕同學帶便當，他們的便當會有各種菜色做出來的小花和小兔子，但我只有五十塊，要自己去福利社買東西吃，因為媽媽沒空做便當。後來我乾脆大著膽子煮東西，幫自己帶便當，不過我做的便當通常是白飯配花椰菜，冰箱裡有什麼就煮什麼，把它假裝弄成個便當的樣子。會這樣做，真是因為我太羨慕別人了！但我看著媽媽因為學廚藝、開餐廳而忙碌不堪，在這樣的環境中長大，我就得

試著陪自己成長，因此比較早熟，也比較獨立。

也許現在的我，比當年的爸媽有多一點的選擇，所以我選擇暫時放下熱愛的工作，專心陪伴女兒的童年。我看了不少兒童心理與教育的書籍，據說孩子從出生到三歲的這三年，是最能給予他們安全感的三年，我不想錯過她成長的每一個環節，這也是我的成就感，不是取捨，也不是犧牲。

跟白雪公主、巧虎、佩佩豬一起，補過童年

我盡可能毫無保留地付出愛，給女兒滿滿的安全感。我們會一起玩我少女時代留下來的扭蛋和玩偶，以及朋友送來的二手玩具；我會陪她認識各個卡通動畫界的天王巨星、天后，把白雪公主與冰雪奇緣的艾莎公主，兜在一起跨時代同台玩耍。玩具並不是重點，陪女兒才重要！她不是要玩具，她要的是陪伴。

現在的我，陪著女兒再經歷一次童年。如果沒小孩，我沒事不會去公園、兒童樂園，或任何小孩子會去的地方；我把自己當成她的同伴，降下視野，看見她天真的興奮、簡單的樂趣。因為她，我彌補了自己那段有缺憾的童年。

我們就是彼此的玩伴、學伴。上瑜伽時她陪我、煮飯有她幫忙、我在陽台照顧盆栽時她就協助澆花，她很喜歡參與我的生活，還會陪我去逛菜市場，大手牽小手地提菜籃，並沿路很大聲地打招呼：「水果阿

姨」、「豆漿阿杯」。有時我因為
工作出席活動，偶爾也會帶她去，
讓她知道我「除了當媽媽之外」，
還做些什麼樣的工作。

我不是天兵型媽媽，不是虎媽，只是常說我愛妳的媽媽

跟我很像，我女兒是很《一厶的小
孩，她傷心了，會偷偷跑去廁所躲
起來哭，就像我從小就不會在媽媽
面前掉眼淚一樣。我偷偷看著監視
器，知道她躲起來哭，雖然心疼，
但不會立刻去哄她。這是她天生的
個性，我希望她自己慢慢地懂得收
或放。直到睡前我才會去問她：
「妳今天好嗎？」這是我們母女倆
每晚的固定儀式，我送她上床，跟
她聊天，分享彼此這天發生的事，
好玩或不好玩的都有。常常，她都
會甜甜蜜蜜地告訴我：「我很開
心！」顯然忘了下午偷哭過。

養小孩得一步步放手，接下來她愈

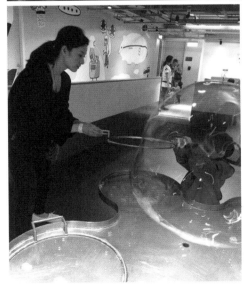

來愈大，我也會愈放愈多。我不知道會放到什麼程度，但應該不會像我媽那麼放啦！哈哈。我記得小時候幼稚園開學的第一天，我帶著媽媽幫我準備的水壺，喝水時卻覺得奇怪：「今天是百香果汁嗎？怎麼有一粒一粒的東西？」但搖一搖又沒味道？後來我把水倒出來才發現：哇！整罐螞蟻水，原來我媽忘了洗水壺。

有時想想，像我媽這樣天兵型的媽媽，養出我這種獨立的孩子；而像我這種過度謹慎的媽媽，會不會養出比較依賴的孩子？所以我會提醒自己，要適時地放手才行，而放手的方法之一就是要「裝不會」。當女兒打不開東西時對我喊：「我打不開！」我會回她：「蛤！我也不會，怎麼辦？」然後讓她自己先學習想辦法。

除了睡前分享一天的精采片段，我也會每天跟女兒說：「媽媽很愛妳，I love you！」她也會同樣這樣回答我。有時我忙著切菜、煮飯，她會過來拍拍我，跟我說：「我跟妳說個秘密。」我彎腰聆聽，她就小小聲說出：「我愛妳喔。」我很高興，她已經很習慣把愛說出口。心中有愛就要讓對方感受到！這就是我想告訴她的：愛不要吝嗇。

12 —— 坐在咖啡廳等女兒放學的第一天

出運了！我一邊感慨時光飛快，一邊幻想就要開始有自己的時
間……希望幻想不會只是幻想！

女兒上幼稚園的第一天，是我們全家新生活的開始。她去上學，我
還滿開心的（出運啦！）。沒想到老公比較緊張，早上六點半就起
床了。

其實在前一週，我們就提醒女兒，下週一要上課了，也把開學當天的
活動先跟她說，我問她：「那妳緊不緊張啊？」她拉高音量：「不會
啊，一點都不會緊張。」但她的作息就反映出情緒了，她開始便秘，
或是半夜焦慮地醒來叫我，我們也從她房間的監視器看到她在偷哭。

送她去上學那天，我很明顯地知道「她好ㄍㄧㄥ啊！」然後想到自己
「嗯，我也很ㄍㄧㄥ」。我猜很多勇敢都是ㄍㄧㄥ出來的，畢竟很少
有人天生勇敢，有時候就是夠不夠ㄍㄧㄥ而已。

我了解女兒是個需要慢慢來的小孩，所以在正式上學前，我曾讓女兒
去上preschool，一個星期一天，讓她先適應沒有媽媽的環境以及團
體生活。我希望她學習的開始，不會處於驚慌不適應的情境，而我能
做的，就是提前把狀況準備好。

聽說上學第一天會有分離焦慮症候群，一送她到學校，她就問我：
「媽媽，妳要走了嗎？」我說：「對，好熱喔，我要回家了，掰
掰。」她說：「好，掰掰，掰掰。」然後目送著我離開，並沒有哭。
不過我其實是偷偷坐在角落，觀察她的同學、家長們，陪著上了一會
兒的課。後來老師告訴我，她只哭了一下下，幸好，她很快就交到了
新朋友。

之後，我和老公去找了咖啡廳坐下來，舒緩我們的小緊張與興奮（孩
子上學了啊！）。送她進校門、轉身離開的那一刻，當下似乎沒有特
別感覺，但現在兩人對坐著等女兒放學，我們不禁相視感嘆著：「孩
子真的長大了。」

我們想起年輕時，其實兩人都不喜歡小孩。

探索彼此的原生家庭，從童年往事中找到教育的共識
以前我身邊有比較早婚，或是生了孩子的朋友，只要她們開始聊媽媽經，我就是放空，完全沒興趣參與這類話題。雖然那時候我對結婚有渴望，對家庭有渴望，但完全沒想像過當媽媽的畫面。

我老公以前更是。在公共場所一看到小孩，他就會嘆氣，覺得很吵。我們交往時，完全沒討論過要結婚，孩子來報到也是個意外。後來知道懷的是女兒，也沒什麼想法，我就是對小孩無感啊！

記得孩子出生的當下，醫生拍拍小嬰兒，數著她的手指、腳趾給我看：「來，12345～」，我當時打了麻藥，很睏，心裡只有一個想法：快一點，我快睡著了。直到開始餵母乳，我才意識到，我真的當媽媽了。

我還記得女兒生下後不久，生活最手忙腳亂的時候，老公一開始完全不知道該如何接手幫忙，但還是硬著頭皮接下奶瓶，要睡眠不足的我去睡覺。我醒來看到他毫無章法地搖晃奶瓶，再累都笑了，因為我知道，那時的他，是因為疼愛而分擔。

在女兒出生後，我能想到的就是要給老公和小孩一個很溫暖的家，不要讓家裡經常出現爭執的聲音。因為經歷過父母失和的環境，所以我不想看到家人彼此大聲說話。我跟老公討論小孩的教養時，也常常問彼此：「你小時候是怎樣長大的？」原生家庭帶給我們的影響，比想像中深遠，所以我們聊很細節的童年往事，想從中找到教育孩子的共識。

管教孩子前，先管住自己的白眼和尖叫

我不會輕易罵女兒，除非她做了危險的舉止，需要被快速制止時，我才會抬高音調。我會盡量以平靜的、討論的語氣說：「我跟妳說喔～～～」代替最容易說出口的：「妳不能，妳不可以……」我希望在否定她的行為前，要讓她了解

我不是在發脾氣，並且讓她養成聽道理的習慣，
試著先在腦子裡思考一下，再停止錯誤的言行。

不過帶孩子實在容易有一把火上來的時候，得忍住
快翻過去的白眼、快出口的尖叫！只是，沒人天生就
會當媽吧？所以我盡量當一個用心、用功的媽媽。

我和老公的默契是，女兒做錯事我們要責備，但一
方開罵，一方就閉嘴，不要火上加油，讓孩子不知
所措，只記得兩面受敵而驚慌，忘了該改進的過
錯。有時候看老公罵女兒，臉色嚴肅又比較大聲，
有點捨不得，但我會提醒自己不要插嘴，因為她不
是我一個人的小孩，未來她也會接觸不同意見的
人，我希望她有處理自己情緒和面對壓力的能力，
所以我不能幫她。她還小的時候，看老公開罵，我
還會心軟幫她擦眼淚，但現在我會飄走。

遇到我和老公有不一樣的意見時，老公會告訴女
兒：聽媽媽的。因為孩子跟我相處的時間比較
多，他知道我們要有一致的管教標準，不能讓
孩子左右為難，不知聽誰的比較好。有時他會
真的像個「嚴父」，所以也算是平衡一下我的
murmur式管法。

這個嚴父，會在出差回來時帶禮物寵女兒，但也會認真地提醒我，自己的孩子當然怎麼看都是可愛的，不過只要離開我們一家三口的世界，就要記得不能只以自己的孩子為中心。所以，目前我們不帶女兒上電影院（怕她問東問西破哏啊）；到公共場所就留意她的情緒，不要吵鬧到旁人；還有，千萬不要讓自己、讓孩子信以為真的這句話：「女兒真的好漂亮啊！」（這還真是有點難～哈哈！）

坐在咖啡廳裡等女兒第一天放學，我和老公看著手機裡成千上萬張的照片，一方面感慨時光飛快，一方面也開始沙盤推演未來的生活步驟──我希望老公能常常陪女兒吃晚飯，也幻想能有自己的時間，恢復熱愛的工作～希望幻想不要只是幻想啊！

13 —— 我們都要比較愛自己

我很認真地把女兒當朋友，和她商量討論，讓她學習，長大後自己喜歡做什麼，要自己決定！

我跟我媽相處起來像姐妹，關係很親密，到現在我還會直接叫她的綽號，大剌剌地取笑她的台灣國語，被她鬧著打。我在家也一直像個男生，東西打不開、電燈壞掉了，甚至水管塞住了……等等雜事，她都是找我處理，我就像個水電工一樣，結婚後也都是自己修東修西。

工作後賺到的第一個一百萬，我送給媽媽，讓自己存款歸零。媽媽很愛哭，收下一百萬時感動得掉眼淚，但還是數落我花錢太浮誇，只好幫我打理財務，逼我不要再買包、買車，去買房。

我老公成長的背景則是家教甚嚴，他不是很適應聽我直呼我媽的全名。不過，以後我會期待女兒跟我之間，就像我跟我媽一樣地親密，所以我也常提醒老公，你娶的老婆是一九八四年後出生的，女兒則是二〇一四年生，世代差異愈來愈大啦，要跟上時代的，是他自己呀！

我很認真地把女兒當朋友，連從小的對話，我都不會用「吃飯飯」或是「喝水水」這種疊字的兒童用語。我的成長過程中，獨立是我自認的優點，所以我也希望她很早就能培養不依賴的個性。三歲時，我讓

她像玩耍一樣地學著拖地，把自己滑行過的地板擦乾淨，或是陪我澆花；四歲時，她學會拿兒童用刀，自己試著切水果、摺衣服、洗碗；現在五歲了，她可以自己洗澡，還很愛問什麼時候可以幫媽媽做飯？雖然我全心投入地陪伴她，但也隨著她逐漸長大，有意識地小小放手，讓她減少依賴。

我們家通常在下午五點半吃晚餐，女兒七點半上床睡覺。這樣的生活規律，可以讓她有生長時需要的大量睡眠時間，也能養成規律的作息，逐步讓她培養生活的好習慣。

學校有校車，雖然她有時不想坐校車，希望由我接送，在路上聊聊天，但我還是硬著心腸，堅持要她搭校車上下學，這樣既可以趕快地交到新朋友，也可以不要再依賴我的陪伴。她也不能隨便請假，以免讓她存著予取予求的僥倖心態。當然，我偶爾會接送一下，讓她感到像收到小禮物般開心。

我設下的這些學習與生活上的規範，都會像跟朋友商量一樣，詳細地解釋給她聽，即使她一知半解。但好在我們已經建立起：「把原因說明白」的模式，所以她挺好溝通的，常常點頭說好，沒有吵鬧。

溝通、約定、獎勵，設計一個互相的SOP

在三歲半前，她不知道什麼是零食；滿四歲的時候，我讓她吃了甜甜圈。現在我有「特別開放的時間」，偶爾可以吃糖果和巧克力。有特別的日子，例如過生日，可以得到一顆糖，或者我們出去玩的時候，有朋友送她點心，她可以收下，當作獎勵。

這些限制，也是從小我就清楚解釋過的：有些東西媽媽不給妳吃，是因為媽媽覺得不健康，並且我也會教她，怎麼應對別人的好意。例如到幼稚園，班上發糖果，我就告訴她，餅乾妳可以吃，但糖果和巧克力請妳拒絕；如果老師發給妳糖果，妳可以放在口袋，回來媽媽跟妳換妳可以吃的，像是兩顆核桃，或是一小盒葡萄乾。

女兒第一次吃到速食，是我跟朋友約在速食店。朋友請她吃，我也就讓她吃。我知道自己很龜毛，但在外面不能讓別人覺得我們很難相處，而且量少少的也無妨。也許是因為這些過程，已經讓我女兒能全盤接收，不過有趣的是，第一次解禁的速食美味，竟然沒特別引起她的懷念，這只能說我調教得太成功了，哈哈！

女兒更小的時候，連她想買玩具，我也會跟她約定，表現好才有，不能不勞而獲。她也從來沒有在店裡嚎啕大哭著要買玩具，真是個天使。

雖然我盡全力地希望她從小能養成自律的生活方式，但我和老公更期待她能有快樂的自我，沒有非學不可的事，沒有非得要有的成就，只要她能了解自己，快樂就會有自信，就能照顧自己。

老實說，女兒有時候太乖了，我一想到就覺得自己快要哭了。她改變我最多的是，讓我多了耐心。我以前個性滿火爆的，不爽就走人，也很容易不爽。養小孩後，我的脾氣變得很好，要是有脾氣就發在老公身上，哈哈！因為我老公脾氣很好呀。我發洩的時候當然不會在女兒面前，只有在睡前跟老公齜牙咧嘴地說：「你女兒今天喔……」

有天女兒告訴我，爸爸說：不可以讓別的男生牽手。我覺得好笑，原來他已經開始對女兒洗腦了。他常常看似不經意地說，長大以後不要結婚沒關係，爸爸養妳。雖然我不會在孩子面前否定爸爸這個「權威

人士的看法」，但我仗著母女相處時間比較多的優勢，慢慢地讓女兒了解，以後長大了，可以好好地選擇合適的男朋友，也要保護好自己的身體，長大後，自己喜歡做什麼，要自己決定。

老公常說：女兒盲目地崇拜我，在她心中，媽媽說什麼都是對的！其實女兒也會問我比較愛她，還是比較愛爸爸？我會有點狡猾地回答：愛是不能比較的啊！女兒想了想，說：「那我比較愛自己。」我立刻讚美她太棒了，有自己的想法，忍不住感動得又想哭了～

14 —— 快樂自在

> 如何保鮮婚姻已經不是我們的題目了，很幸運地，我的老公、我
> 的小孩，都是我最好的朋友，完整了彼此的幸福。

「欸，我有沒有看錯！妳把我送的衣服拿來當睡衣？！」老公睡醒，
看到我穿著他送的潮牌T當睡衣，有點哀怨。

婚前，他就很愛送小禮物，但很實際，會先旁敲側擊看我喜不喜歡，不
會一廂情願，非常有效率。他婚後反而變了，出國工作帶回來送我和女
兒的，是他自己超級喜歡的品牌，講得眉飛色舞，但我和女兒只是敷衍
地「嗯嗯嗯」，眼睛一直盯著行李箱裡，心裡想：我們指定的東西，到
底要不要快點拿出來啊？

家裡兩個女生常常把老公、爸爸當作代購業者，我也定期回報老公，你
女兒現階段的偶像是誰，那麼能讓她尖叫的禮物，就是這些卡漫界的公
主天后了。

曾有媒體形容我，是以跑百米的速度完成了重要的人生大事！幾年過
去了，我還記得老公求婚時的當下，我沒有一絲的懷疑與猶豫，只閃
過一個好笑的念頭：啊～他比我大很多歲，我一定要盯著他保持年輕
健康！

幸福誰來定義？也許是先放過自己

不管是熱戀還是婚後，我們配合著彼此的節奏，即便加入了孩子的三人行，也能盡力營造兩人的世界，呵護感情的溫度。我們每年一定安排只有兩人的小旅行，平日裡也常趁著女兒睡著了，偷偷溜出去吃宵夜。現在女兒白天上學了，老公還會特意早起，號稱要好好陪我吃兩個人的午飯，我只好請他趕快去上班，因為他不知道Housewife的一天行程有多忙、多緊湊！

當然，婚姻生活有別於童話，每天都是瑣碎的家務事。曾經有段時間，老公常常在我臉上讀到：「崩潰中」、「別惹我」的訊號，他會先觀察可以怎麼幫助我，等我平靜了，再給我意見，也讓我發現其實惹毛我的，多半是我自己的性格——太用力，太想要一百分的脾氣。

想把Housewife這個角色做得專職專責，這是我一貫認真的個性，就是那個從小給自己帶便當，能獨立就趕快打工，被罵不會演戲

就拚命寫筆記的曾愷玹。也許對幸福，我擁抱得太緊、太認真，所以現在我也常對自己說，要放鬆。

更棒的是，現在我也學會了大大方方地開口跟老公拿錢！當老公給的家用現金花完了，我會開玩笑對他說：「欸，人肉提款機！」而以前的我實在不知道該怎麼對老公說：「用完了，沒錢了。」

一家三口是三個好友，在婚姻中快樂自在
在交往期間、甚至結婚後，我還是習慣性地花自己的錢，直到當了人妻、工作少接了，我才開始能接受讓老公養我。他曾不經意發現我在繳自己的卡費，才發現我還在花自己的錢，於是又好氣又好笑地責怪我，連這種小事也說不出口！我這時才明白，自己對於當家庭主婦跟老公伸手拿錢的心態，有莫名的卑微。被老公笑罵一頓後，我心念一轉，之前有工作的時候，我的收入挺好啊！現在就是轉變職業當Housewife，照顧老公、孩子、做家事，也應該領薪水！當轉念的出口有了，開得了口，就舒服很多，少演了很多內心戲啊！

婚後偶爾出席活動、接受訪問時，很常被問到如何保鮮婚姻的狀況題。其實我們倆最常談的，是一起老去的話題，因為「保鮮」已經不是我們的題目了～我們很幸運地，完整了彼此的幸福，我的老公、我的孩子，都是我最好的朋友。

我是曾愷玹，愷是快樂的意思，玹是璞石，所以我是一顆快樂的璞石，而在婚姻中，我也是自在又快樂的！

Chapter 4

走進
愷愷的日常

15 —— 家政婦的馭家術

我真的稱得上是個頂級管家，讓家人「住飯店」。

前一陣子孩子上學了，我終於可以在家追宮廷劇，老公上班前會開玩笑地跟我說：「娘娘，妳在家好好管理後宮吧。」我嘆口氣：「後宮都沒人，要管什麼？」

小時候被問到長大後的願望，我說了三個。一個是當鋼琴老師，因為我從五歲到十歲都學鋼琴；第二個是當護士，但我不太會念書，所以希望很早就落空了；第三個願望則是當家庭主婦。

只能說小時候真的不懂事啊！雖然美夢成真，但沒料到家庭主婦可不是勤快就好，隨便在家裡東摸摸、西摸摸，就可以像仙女棒揮過一樣，閃出像廣告片裡那樣窗明几淨的家。光簡單的拖地、煮飯，又雜又多的家事就是一個主婦的日常，而且從早晨醒來開始，就要上工！除此之外，對戀家又固執的金牛座來說，家事有一百種理由需要力求完美，尤其在有了小孩以後。

我記得自己的學童時期，媽媽的餐廳非常忙，實在沒有時間管我們，常常忙到沒時間洗衣服，不然就是來不及曬乾。我常上學找不到衣服穿，就去洗衣機裡翻，結果撈起來還是濕的，也就穿著濕衣服出門。

我心想：「太陽曬曬，就乾了吧？」媽媽在餐廳工作的時間非常長，已經忙得昏天暗地，我自己能處理好的事就不要煩她了。

現在我有了一個家，有心愛的家人需要我「專職管理」，需要我用心再用心地為他們打理健康的生活環境，於是，看到目標就使命必達的天性，讓我捲起袖子，隨時隨地都處於「管家婆」的忙碌狀態中。偏偏我又很龜毛，我的家務事「管理項目」分為三大類：徹底清潔（最好一塵不染）、萬物歸位（都有定位）、食物新鮮。這三大項，下面還有非常多延伸的細項，包含了個別的執行工具和SOP，甚至偶爾還需要「危機處理」，例如蟑螂這種天險！我會先尖叫再讓老公來面對，然後拿出消毒水開始一路拖地，不放過任何一塊面積！光想像隔天我女兒在地上手腳並用爬過蟑螂走過的路，我就受不了。老公盯著我賣力地拖地，會嘆口氣說：「妳真的有毛病！」我則會回他：「你不要管我！」

婚前，眼睛是拿來放光芒的；婚後，是掃過全家角落的雷射光！
我們家常常會上演這種「你不要管我！」的戲碼。除了全家每個地方要維持乾淨，還要有效率。我無法忍受拖拖拉拉，吃完飯立刻要洗碗、立刻烘乾，我的個性真的很急。至於下廚也是，炒菜同時就必須著手清理周邊環境，菜上桌的同時，廚房流理台一定要乾乾淨淨。

此外，為了家人健康把關，我堅持食物絕不退冰兩次，一旦拿出來解凍了，就是要吃掉。買回來需要冷凍的食物一定先分裝，一袋裝一

餐。我們家不吃隔夜菜，不過為了惜物，份量一定要抓對。

平常光是洗刷擦抹，就足以消耗掉我很多時光和熱量，但卻越辛勤做家事，心裡越焦慮。有段時間，我每天睜開眼睛就忍不住想：廚房的電風扇是不是該拆下來清洗了？做菜的油煙多，抽油煙機的扇葉黏著灰塵，我得每週拆解清洗；冰箱裡的抽屜，有沒有沾到菜屑發臭？更大的工程是濾油網，因為太難洗乾淨，一度讓我花了不少時間泡在網路上，尋找消滅油膩的神器。在做不完家事的日子裡，我的脖子因為長時間仰著洗刷，導致像落枕一樣痠痛。

除此之外，紗窗上的灰塵也非常礙眼，我同樣認真地尋求專門清掃窗戶的工具，定期仔細清掃那些卡在細格子裡的髒污。

年輕時，我的眼睛是拿來放光芒、吸引人的，現在卻像是電眼，發出的是雷射光，要掃過全家每個角落，檢查夠不夠乾淨。（地上有一根頭髮我都不能忍受！）早上醒來看到陽光滿滿，已經沒有浪漫的懶洋洋情懷，而是趕快抓起女兒的鞋子去曬，心裡還有賺到陽光的喜悅！

現在，我每天在家煮飯、帶小孩、換燈泡、修馬桶，當維修工人，加上以前在學校實習過飯店鋪床的方法，所以我家的床單一直鋪得平整滑順，我真的稱得上是個頂級管家！我常忍不住對老公、女兒說：「怎麼樣？是不是有像住飯店的感覺？」

16 —— 明天上什麼菜

我是家庭料理長兼任營養師！

做菜是我每天的功課，因為記性不好，所以我有很多小紙條，可以寫下每天的菜單。有時候絞盡腦汁沒想法，我會跟老公說：「我乏了，沒哏。」有時靈感充足，可以一連冒出三天的菜單。

在念小學時我就自己帶便當了，雖然不是多厲害的料理，但已經可以下廚做菜。其實我媽很會做菜，從小聽到媽媽炒菜的ㄘㄨㄚㄘㄨㄚ聲，我就會進廚房晃啊晃的，東摸摸、西摸摸；她去傳統菜市場買菜我也一定會跟，因為買完菜以後可以在市場吃黑白切，吃完這個再吃那個。

她是那種很怕大家吃不飽，一次煮很多的媽媽，至今都是。小時候我們的下午點心，可不是小零嘴、輕食那種，她會很費工地準備很多生菜又燙蝦，讓我們用海苔包起來吃手卷。我小時候發胖，也可能是太常享受那種手卷吃到飽的暢快吧！

家人的健康管理，是餐桌上的任務

結婚初期，我沒想過要當全職的家庭「煮」婦，直到生產前，也都沒有完全拋開我愛上的演員工作，幻想著是否有平衡工作、照顧家庭的方法。沒想到，從小孩出生那刻開始，我已經自動將生活導航到以她的世界為重心，同時腦波一直發出強烈的潔癖訊號，只求務必讓小孩、家人過得健康。

吃下肚的東西最重要，於是我就自己下廚了！剛開始，我曾經認真到每天現買現煮，堅持不能有隔天的食材（更不用說隔夜菜了！）所以我必須算好這一天實際上要烹調的份量和種類，然後出門買菜，而菜市場、食材店就是我每天報到的場所。

三餐做菜，加上緊張大王般地做家事，有一陣子我就生病了。老公常說：「妳就是太龜毛。」我把拚命三郎的性格，在小小的家裡大肆發揮，小病一場後，我便告訴自己：不要執著。這也是我現在的功課。以前事必躬親，現在則學會讓自己的標準放寬一點。

找資料做功課，我的刀功真的有練過

因為從小愛吃也會做菜，所以以我的個性，感興趣的事就是一路鑽進去。學生時代我還修了營養學學分，那是我很喜歡的一門課，現在既然任職Housewife，當然就是學以致用！我的基本原則是，每一餐安排兩種蔬菜、兩種蛋白質，至於食材安全，我會多花時間分不同來源購買，也算是分攤風險。

傳統菜市場以前是我媽的灶腳，現在也是我的上工打卡地點之一。挑魚，就要看魚眼睛是不是濕潤微亮，我的大眼像雷射光一樣，很少出錯。小農市集，我是熟客了，很多攤位的大叔、阿姐，多跟他們聊天，他們就會教我哪些種類的蔬菜才需要選有機的。還有連鎖有機食材店，全都是我的百貨公司，每週買菜兩、三天，在出發前，我已經寫好滿滿的小紙條，分不同地點買食材，然後以神力女超人的臂力，滿滿地扛回家。（因為沒有美美的菜籃車呀！）

一回到家，料理起食物，我就是那種什麼動物都可以解決的廚師。面對已經阿彌陀佛的全雞，刀子拿起來就開膛，我能順著關節解剖。有的人不敢剁雞頭，我卻很OK。我老公看到血會怕，我就膽子大，畢

竟是從小穿梭在媽媽餐廳、廚房裡，看著各種生鮮食物，沒什麼好怕的！還有藏在有機花椰菜裡面那些密密麻麻的菜蟲，我可以細心又俐落地摘下來，指法像練過功一樣純熟。

記得我曾經演過海家女。拍戲前的功課是去高雄漁港學刮魚鱗，那就真的是難了，跟在家做菜完全不同，刮鱗片的動作要很快，但魚卻是滑不溜丟的，唰一聲就要把魚的內臟抓出來。我沒有感到害怕或為難，只在乎到底能不能學會這麼快的手法。

說到切水果，我也像有強迫症一樣。我會先用肉眼比對，盡量讓每一塊大小一樣，連青菜的梗，我也會下意識把它們對齊、切同等份！

想想自己在演藝圈的仙氣稱號，不禁啞然失笑，仙氣嘛我是不確定自己有沒有，倒是我在廚房的霸氣逼人哪！只需要給我半個小時，四菜一湯就能上桌，而且經過我的費心計算，讓挑食的小孩、不吃牛的老公，都能有被照顧到的營養。不過雖然我這麼賣力做菜，卻完全不會勉強家人吞下他們不愛吃的！我認為吃東西也值得尊重不同的選擇，有時小孩當下不願意入口，沒關係的，隔一陣子，再嘗試變化花樣引誘她，偶爾一小口讓她願意吃下去，以後就不用強迫。我不想成為餐桌上的虎媽，看孩子配著眼淚、鼻涕吞東西！

未婚時，老公是標準的外食族，現在，他掛在嘴邊的話是：家裡的菜比外面好吃。他說我包的水餃很厲害，外面賣的已經吸引不了他了。

我嘆口氣：「你知道包水餃多費工嗎？」餐桌上要顧到父女倆不同的口味，但有時很難面面俱到，畢竟小孩能吃的食材難免有些限制。老公有次半開玩笑地抱怨，這餐都沒他愛吃的，我只好提醒他，小人兒無法自己覓食啊，也不能出去應酬吃喝。說歸說，我隔天還是會多做兩道他愛的菜，之後就會更細心地在菜色上盡量做到平均分配，讓父女倆各有兩道自己愛的食物，以免客訴！

老公其實也很樂意下廚，可惜「姿態高、橋段多」，我又得淪為備料洗菜的副手，幫他準備好了，他才出場大展身手。他的拿手菜「沙茶炒羊肉」，問女兒好吃嗎？女兒只含蓄地說：「嗯嗯」，讓他很沒有成就感。不過至少他洗碗的技巧，老婆是讚不絕口，給五顆星！

父女倆都非常愛喝湯，搶著PK，我曾經認真到天天燉湯，而且燉不一樣的湯。現在呢，我會跟女兒說，要看媽媽的心情，我心情好大家才有湯可以喝。

仔細想想，以前我是抱著劇本入睡，婚後則是想著菜單入睡，每天閉上眼睛睡覺前，想的都是：明天要做什麼菜？

—— KaiKai 小廚房 ——

豬肉高麗菜水餃

● 這些材料

　豬後腿肉絞肉、高麗菜、蛋黃、鹽巴、醬油、香油、水餃皮。

● KaiKai 這麼做

　高麗菜剁成絲後，加入鹽巴用手脫水，要把菜的水分擠出來，不要
　擠得太乾，水餃才吃得到高麗菜脆脆的口感。

蔥薑蒸雞（陳姓兒童最愛料理）

● 這些材料

　雞腿肉、薑片、蔥段、鹽巴、米酒、麻油。

● KaiKai 這麼做

　雞腿肉擦乾放入所有其他材料，電鍋放兩杯水，按下電鍋完成！輕
　鬆簡單！

燉蘿蔔

● 這些材料

白蘿蔔、紅蘿蔔（配色用，燉起來也好吃）、香菇、豬五花肉片或豬肉絲、蒟蒻、蠔油、隨意加入喜歡的各種火鍋料或丸類。

● KaiKai 這麼做

豬肉先在平底鍋炒熟後，連同爆香後的油放入鍋中，加入切成塊的紅白蘿蔔，再把香菇連同浸泡的水一起放入，可以再加水蓋過所有的材料，最後加上蠔油，燉煮完成！

魚香茄子

● 這些材料

豬絞肉、茄子、九層塔、薑末、蒜末、豆瓣醬（一湯匙就好）、醬油、米酒、糖。

● KaiKai 這麼做

豬絞肉與薑末和蒜末炒香後，再加入米酒和豆瓣醬翻炒，再加入醬油、糖調味。快速地把茄子放入鍋中，蓋上蓋子。起鍋前加入九層塔。
＊茄子沒有先過油，因為不想吃太多的油脂，所以可能會變黑，沒有漂亮的紫色不要介意喔！

麻婆豆腐

● 這些材料

豬絞肉、豆腐、薑末、蒜末、蔥花、花椒粒、豆瓣醬、醬油、糖、水。

● KaiKai 這麼做

冷鍋中放入油跟花椒粒，用小火慢慢地炒出香味後，把花椒粒濾掉，把油撈起（火不能開太大，也不能炒太久，不然會有苦味）。將豬絞肉、薑末和蒜末續炒，再加入豆瓣醬翻炒。放入水、醬油、糖後，調好味道加入豆腐。滾熟後，起鍋前淋上花椒油和蔥花完成！

Chapter 5

「愷愷流」的
美麗日記

17 ——「愷愷流」，Less is More

找重點的混搭邏輯。

成為模特兒、演員後，因為工作角色需要，我在穿著打扮上，呈現的多半是優雅的風格，所以長髮、小禮服是我最常搭配的款式。

事實上，在我的衣櫃裡，最多的反而是一點都不花俏的素色T恤，並且收集了非常多酷酷路線的牛仔褲。

搭配上，我著重在只凸顯一個重點。若想讓打扮上的哪個部分被強調，就只要以它的特色為烘托的重點，不要再以其他太搶眼的顏色或配件去干擾它。

即便女生最容易陷入失心瘋的「採購」這件事，我也算是理性派，我會很實際地在腦袋裡想像一下衣櫃裡缺什麼，也只買容易搭配的、目前沒有的。我也會定期清理少穿的衣服送出去，斷捨離一下，減少不必要的堆積，所以我從來不會懊惱地發現，哪些衣服買來到現在，連吊牌都沒拆喔！

不能忍受公主鞋的媽媽，打扮女兒當酷妹

女兒雖然年紀小，但也開始有自己的喜好了，最近更一再表達超喜歡公主鞋的願望。什麼是公主鞋？就是孩子們心目中的潮鞋！會發亮，把所有卡通公主都擺在鞋面上。這個願望一直被我假裝沒聽到～天啊，我平常把她打扮得像個潮妹，實在很難忍受公主鞋啊！

關於孩子品味的養成，我是很認真地看待的。我會幫她穿上有創意的骷髏頭圖案的T恤，就算是蓬蓬裙，也會配上皮外套，和她崇拜的媽媽一起酷酷地去逛菜市場。

我會不厭其煩地告訴她，為何要穿這個顏色、要這樣配色～我會告訴她我認為比較有趣的美感觀念。我說，不能把每一個妳喜歡的東西都放在身上，那別人看妳，要看哪一塊？

至於老公，他除了會偷偷觀察我們母女倆到底有沒有穿上他千里迢迢帶回來的潮牌新品之外，需要正式打扮的場合，也會默默配合老婆的穿搭。有時在宴會中，他會捎來一個讚美的眼神，讓我知道他覺得超有面子的！當然也有時候，他會看著我的打扮，忍不住說兩句：「欸，會不會太露了點？」但還是只能摸摸鼻子，挽著老婆，一路碎碎唸地出門應酬去！

18 —— 減重不重要?!不再稱斤論兩的日子

養體質，先於剷脂肪。

在大學時代就當起模特兒的我，為了想快速減肥，一度採用激烈的瘦身方式，一週便可以瘦到四、五公斤。我完全不碰含糖飲料，只喝水、無糖茶，或是零卡可樂。至於食物，我會吃水煮雞胸肉、燙青菜，或是鹹水雞，但什麼醬料都不加，水果就只吃芭樂。不過我每天會吃一個壽司，因為身體還是需要澱粉的，如果真的很餓就一直灌水，然後早上起床後去跑步。

以上，是我年輕時不太健康的瘦身方式。我小時候是白白胖胖的女生，走點路就很喘、很累，甚至於一行走，兩條大腿內側肌肉就會彼此摩擦，有時還會摩擦到疼痛。等到上國中了，媽媽帶我去買靴子，我的小腿竟然胖到穿不下，靴子的拉鍊竟然拉不起來，當下超沮喪的，所以我很知道發胖的感受。

加上我下半身容易長肉，所以在這段瘋狂減肥的時期，我也嘗試過推拿大腿減脂，還去中醫埋線，可是這些減肥方式對我個人來說，一點效果也沒有。這樣一路實驗下來，我終於體會到，還是只有少吃、多動最有效，想要維持身材，就要從日常生活開始。

不再愈買愈大號，衣服的尺寸也是肉肉的警戒線

選擇衣服的尺碼也是一種保持身材的方法。感覺自己變胖了，一定是從穿衣服的感受開始。當我發現衣服比較緊，或是腰身冒出多餘的肉時，就會開始警覺，然後馬上減肥。這是最基本的自我評量方式，所以我一定會買合身的褲子。有人會拋開舊尺寸，愈買愈大號，但我是一定要把褲子穿進去的那種人。

剛入行的時候，我會買很貴的牛仔褲，還刻意挑小一碼的尺寸，因為心疼太貴就會乖乖減肥，每天穿一下、穿一下，直到可以塞進去就超開心的，對我來說，這也是一種激勵自己變瘦的方式。

沒想到懷孕時，我胖了十一公斤，醫生還提醒我，最好只能胖八公斤。坐月子時，為了哺乳還是得吞下較高熱量的食物，我就乾脆把體重計丟了，以免傷心。一年多後，為了調整脊椎側彎，邊復健邊搭配運動，我才重新回到瑜伽墊上，這幾年來，我便靠著飲食節制與瑜伽，鍛鍊出線條和肌肉。

不再追求虛瘦，靠運動養出好肌力

我至今都沒有瘦回懷孕前的體重，大概還有兩公斤的差距。但因為我運動量增加，瑜伽老師便說，不用擔心體重計上面的數字！她認識我很久了，說我以前很瘦，但沒有肌肉，是那種虛虛的瘦，現在的我多出的那兩公斤，是肌肉的重量。

由於我平衡感不好，不會騎腳踏車也不會騎摩托車，所以每騎必摔。剛練習瑜伽的時候，我左右手腳的平衡程度完全不同，有一邊背部甚至是歪的！練習瑜伽加強了我的平衡感，連我自己都有明顯的感受。現在上課時的大部分動作，老師已經不用幫我示範了，只是老師永遠都有進階的招式啊～

有一度我鼓吹老公一起上瑜伽課，但幾堂課下來，果然他託辭開會啦、出國啦，逃課的機率太高。我不會在意老公身材看起來如何，但會提醒他注意腰圍，因為那是自己觀察得到的健康指標之一。後來，我買了跑步機讓他在家運動，並且在上面貼上女兒可愛的照片，想看

看到底最後成效如何～

學習瑜伽需要選對合適自己的老師，更重要的是得持之以恆，才有可能收穫效果。現在我也沒再上體重機，或斤斤計較有多重，畢竟能穿下結婚前的褲子，我已經很欣慰啦！

19 —— 送給自己的禮物：身心最佳狀態

身分怎麼變，不變的就是每天都要「愛面子」！

當演員、拍廣告，工作時的我把自己的外表維持在一個最佳狀態，這算是一種職業道德。不過當身分轉換了，為人妻、為人母，雖然減少了濃妝豔抹的需要，我卻仍然維持著保養的習慣，畢竟把自己打點得很有精神，才是送給自己最長久的禮物。

然而，每個Housewife的心裡，都有個滴答滴答、叫妳hurry up的時鐘，一天的時間被切割得非常零碎，所以我得抓緊每個在家事、孩子休息時的空檔，高效率地執行我操作得很熟練的保養步驟。

雖然如此，白天時間實在太緊張了，所以我只能在晚上洗完澡後，才開始比較完整的保養程序。同時，因為洗澡間會有熱水蒸氣，臉上的毛孔會因此張開，在這種狀態下，也較有助於皮膚吸收。

KaiKai的分享	清潔最要緊，挑對卸妝品，和毛巾說ByeBye！

花了很長一段時間，我才發現原來年輕時的膚況不好，和卸妝產品沒有用對有關係！所以經過諮詢皮膚科醫生的意見、也在嘗試了非常多種的卸妝產品後，我終於找到了合適自己膚質的品牌！

更重要的是，我不再使用毛巾洗臉。因為台灣天氣比較潮濕，用過的

濕毛巾不容易全乾，反而會滋生細菌，像我這類的敏感肌，就很常因為毛巾的使用而過敏發癢。自從我不再使用毛巾洗臉後，我的臉部過敏問題真的立即就有改善了！

至於在卸妝的步驟上，我會以眼唇液濕敷的方式，先溶解大部分的彩妝；之後再用化妝棉輕輕擦掉，接著用卸妝水再淺淺卸一次，最後才用洗臉皂洗臉，徹底去污。

KaiKai的分享	保濕不可少，多次補上化妝水，水潤感受好！

以我自己常年的保養經驗，我覺得保濕是最不可少的環節。保濕、防曬不足，眼部小細紋就會像冰裂紋一樣出現！除了臉部保濕，如果嘴唇缺水乾裂，也會容易顯老，所以常擦護唇膏，也是我不會輕忽的步驟。

我會使用無酒精化妝水及玻尿酸原液，最近還參考了國外的美妝資訊，嘗試本來只拍打一次化妝水在臉上的步驟，增加到七次。每次輕拍，會等到肌膚吸收，大約半乾後，再反覆補上第二次、第三～七次後，我會再使用一滴玻尿酸原液，塗抹全臉。果真！臉部的水潤程度感受極好，整個過程就是得有點耐心囉！

有趣的是，我婚前皮膚狀況比較不好，結果懷孕後，皮膚變得超好的～哈哈，這都還要謝謝我女兒！

保養品也要換季，這應該已經是大部分人的共識了。依照我自己的膚質，我會強化的步驟是在滋潤度高的冬季保養品裡，再加上精油的成分，如此一來就能讓肌膚不至於乾燥脫皮，產生細紋。

所以除了產品換季外，我也會因應季節調整保養順序。夏天時，我的保養順序依序是：

化妝水 —→ 精油 —→ 精華液 —→ 乳液

冬天時，我會改為：

化妝水 —→ 精華液 —→ 精油 —→ 乳液（或晚霜）

婚後除非是出席精品活動，或是派對記者會，否則我出門大概就是淡妝即可。老公畢竟年長些，嘴巴甜，偶爾看我化妝還會說：素顏和化妝沒什麼差啊，幹嘛化妝？聽得人妻整個心花怒放～

以前單身時，要出個門都會精雕細描，現在我早就有個戰鬥妝的草稿了，只需要隔離霜、氣墊粉餅、眼影、眉毛、腮紅，十五分鐘內就可以搞定！

簡單的步驟是：我先使用潤色隔離霜去遮黑眼圈跟痘痘、壓一下氣墊粉餅勻亮膚色、上深褐色眼影、再擦一點腮紅，添添好氣色，最後再夾睫毛和畫眉毛！

 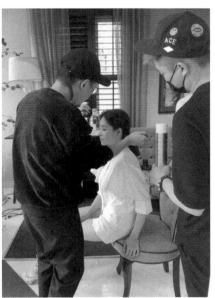

因為長期鼻子過敏的關係，我的黑眼圈比較深，所以我必帶黑眼圈專用的遮瑕膏出門。每個人的黑眼圈顏色狀況不同，化妝師就建議我使用橘色調的遮瑕膏，效果挺好的！

想要一頭飄逸長髮，清潔養護的時間不能省
長髮一直是我重要的工作「用具」，廣告片裡，把頭髮保養得滑順飄逸，其實來自很多專業人士的手法，也因此讓我從旁學會了不少護髮的程序。對於頭髮我盡量不染、不燙，否則長髮很容易打結、毛躁，所以我也會天天護髮。天天護髮聽起來好像很瘋狂，但其實方法很簡單，對頭髮也是種很好的照顧。

我會利用每天的洗澡時間，將髮膜敷在髮尾，再拿一條沖過熱水的毛巾將敷上髮膜的頭髮包覆起來，藉由熱毛巾的溫度幫助髮膜吸收。緊接著，我會在這段濕敷的時間裡洗臉、洗澡，最後再把髮膜沖洗掉。每天這樣做，髮質自然滑順不易打結，還會有光澤感。

但要特別留意，護髮膜不要敷到頭皮上，不然隔天頭皮也會油油的哦！

當自己的按摩師，舒緩身體與情緒的結

容易水腫的體質，曾經是我滿大的煩惱。臉腫、腿也腫，但為了演員

這行業的「職業道德」，我開始到處學習如何消水腫，而且最好是能自己執行的方法。按摩，就是其中一個很不錯的方式。

以前還在工作的時候，我會隨身攜帶小按摩器，在拍戲空檔時按摩雙腿；晚上我就穿上減壓襪，幫助排水腫。接著再按摩臉頰，幫助臉部運動，緊實線條。洗完澡後，我也會搭配乳液，邊追劇邊按摩，時間安排得多有效率！哈哈！使用乳液按摩小腿，能舒緩腿部壓力，也能稍稍緊實小腿的線條。

指關節，是自己最好用的工具！運用指關節來按摩臉部和眼周的穴道、淋巴，也可以消解一點泡泡眼，減輕過度用眼的壓力。不過，力道務必要留意，不要過度用力，反而造成反效果。

KaiKai的分享	臉部按摩，睡前順手輕鬆做

將指關節輕輕地從臉部下方往上滑，便可以感受到咕嚕咕嚕、一粒一粒的觸感，好像淋巴塞住了一樣。從臉部再一路往脖子下方按壓，最後再往鎖骨的外面順著按摩，每天睡前擦完乳液後，順手輕鬆做即可。

接著，按摩耳朵穴道。把雙手呈握拳狀，用食指第一節的指關節點壓耳垂後方的翳風穴，點壓穴道約一分鐘，感受到痠感即可。小心用力過猛，反而容易生成皺紋哦～

至於眼部的按摩，則要順著眼周的骨骼逐點按壓，力道適中，不要用力過猛反而會傷害眼睛。

KaiKai的分享　氣墊梳子不僅可以順髮，還能按摩頭皮

因為留心頭皮的保養和髮質，所以我曾經試遍各大廠牌的髮梳，其中我最愛有氣墊的寬梳子。平常梳頭髮時，還可輕輕地用氣墊梳拍打頭皮，這樣也能讓頭部感到放鬆。

若是有頭痛狀況時，我不太習慣吃藥止痛，就會使用小型木質地的按摩棒，輕輕滾一滾頭皮，就能緩解頭痛的症狀喔。

KaiKai的分享　腿部分區按壓，小腿肚也不要放過

腿部按摩我會先「分區」：小腿以雙手從腳踝順著側邊的小腿骨頭由下往上按壓；大腿可以借助小道具，我選擇有顆粒的按摩石，順著側邊淋巴穴道 往上按。

最後再辛苦點，以雙手從腳踝骨頭開始，擦上乳液，由下往上按壓小腿肚。

附錄／愷愷 VS. 陳姓男子的愛情老實說！

採訪──趙雅芬

Q 你對她的最初印象？

陳姓男子：不認識之前，我對她的印象……就是正妹啊，是one of those那種正妹。認識之後，我對她的印象則是有個性的正妹，但是這個正妹的個性好像不太適合我，好像要躲遠一點比較好。

我喜歡溫順的女生、會崇拜我的那種女生，但她太有個性了，所以我看她的感覺就是：喔，正妹，但就僅止於工作夥伴的關係而已。

Q 何以看得出來她很有個性？

陳姓男子：講過幾次話就知道了。我的工作範圍很廣，也算閱人無數，所以一接觸她就知道：這個女孩子很有個性。

Q 第一次跟她見面，對她印象深刻的事？

陳姓男子：嗯……她沒有我想像中高，哈哈。

曾愷玹：對，這是每個人見到我本人之後，都會有的驚訝反應。

陳姓男子：她本人是漂亮的，但很有個性。我跟她那次見面是談工作，因為康永約了她，想跟她聊聊有沒有意願加入我們公司，那次是比較正式的談話。她談到她想做的事，以及她所期待的未來，我聽了就覺得：喔，很有想法和「眉角」的女生。

Q 但當時還是想簽她？

陳姓男子：老實講，那時候沒有很強烈的感覺一定要簽她，但也沒有排斥。

那次她來談的時候，她和之前公司的合約還沒完全到期。等她合約到期後，我們共同的朋友問我：「要不要幫你約一下曾愷玹？」我說：「好啊，雖然我們談過了，但還是可以再約一次。」

再約的那次，因為談得很順利，我們就開始合作了。

曾愷玹：第一次見到他，就覺得他是一個「長輩」。康永哥比我大很多歲，又是前輩，跟他合作的老闆，自然也是我要尊敬的長輩。

陳姓男子：現在那些尊敬到哪裡去了？

曾愷玹：誰教你要娶我？你不娶我，我還是會繼續尊敬你。

當時見他的時候，覺得他是個沙場老將，很會講話。他也很會看人，知道什麼話不能講，所以當時沒有講出我不想聽的話。我那時見了很多經紀人，他們都很會畫大餅，像是：「我們可以帶妳去好萊塢發展」、「幫妳發片當雙棲歌手」，那些粉紅泡泡說得我自己都想吐，心裡覺得：怎麼可能？但他是唯一一個沒有說那些粉紅泡泡的人，所以我感覺他是個很聰明的老闆，也很務實，剛好我也是很實際的人，當下就覺得跟這樣的人工作才真實。

Q 從何時開始對彼此有好感？

陳姓男子：愷愷加入公司，參加幾個活動、拍了幾部戲之後，有一天晚上，我收到一封她寫到關於工作的e-mail。

我當下心想：「來了，哎。這下我得自己處理了。」

曾愷玹：對啊！我就是要直接對你，負責人！

陳姓男子：她那時候在遼寧拍戲，有個廣告活動必須要從泰國到北京轉機，我剛好當時也在北京，於是有個晚上我約她吃飯，還把工作人員支開，單獨跟她聊。

見面時，我先把幾個她覺得需要解決的關鍵點拉出來，在這之前我就想好解決方案了，所以見面吃飯的氣氛很愉快。本來是要化解她的不高興，結果東聊西聊，聊了比較多非工作的私事，也聊了比較多情感的溝通，所以開始有點了解對方，也稍微有了感覺。

曾愷玹：我何時對他產生好感的？我想想。

陳姓男子：應該是一見面就有了吧？

曾愷玹：一開始是從工作中對他產生好感。當初我是在工作中感受到無奈才寫信給他，他也立即處理。我就覺得：「嗯，這個老闆很有效率，也很負責。」雖然工作人員沒做好，但我沒選錯老闆，選對了公司。

那次吃飯我們東聊西聊，感覺他滿好相處的，但是有點……太老了。那時也沒多想，對他還是抱持著看待長輩和老闆的想法，所以對他的印象是從一個好老闆開始。

Q 你們當初是在什麼樣的狀況下，感覺可以跟對方組成家庭？

兩人異口同聲：我們從來沒講過要結婚。

曾愷玹：我從沒問他：「欸，你要不要娶我？」他也從沒規劃過結婚。

陳姓男子：應該這樣說，以前我滿enjoy單身生活的，但的確也好像有一點壓力，因為父母年紀大了，一直希望我結婚。

我和愷愷變成男女朋友之後，開始住在一起，從朝夕相處當中，可以感覺彼此是否能夠和諧相處。我和她互相照顧，而且作伴，我覺得這樣滿好的，比一個人的時候好很多，我們可以在一個空間裡一起生活，而且不會彼此干擾，那感覺還滿開心舒服的。

但當時倒還沒有想到結婚。結婚算是順理成章，因為她後來懷孕了。有趣的一點是，交往時我們沒避孕，也沒想過要避孕，很順其自然。但我這個人過去不會不避孕，因為不想給自己找麻煩，這算是保護自己也保護女生。如果我沒想好或是確定怎麼樣，我是不會不避孕的。

後來跟她在一起沒避孕，我沒多想，某種程度來說就是心情放鬆，因為相處開心。然後她懷孕，我就求婚了，然後就結婚了。

其實知道她懷孕前，我已經準備求婚了，我還先跟好友討論過求婚事宜。當時我和她準備十月去歐洲，我打算在工作空檔，帶她去蒙地卡羅的Hotel de Paris米其林餐廳求婚，結果才和好友討論沒多久，她就懷孕了。

那時是八月，我怕女生心裡會多想，怎麼懷孕了還不求婚？要忍到十月好像也不行，於是就很隨意地在家裡穿著短褲、拖鞋求婚了。後來我們還是有去蒙地卡羅，因為那行程早就安排好了。

曾愷玹：以前沒想過會跟他結婚。

單身的時候，我對家庭有嚮往，但對他，我真的沒有嚮往。我對他，跟對以前交往男友的要求和態度很不一樣，不知道是不是因為他年紀比較大，我沒有不安全感，心情放得特別鬆，覺得他很值得依賴，但不會去想結果。反正我這個人的個性是愛了就愛了，不愛了就算了，當時愛了就先愛了。後來根本完全沒想過會結婚，甚至

有小孩。

陳姓男子：妳這樣講得好像我很沒搞頭？

曾愷玹：你不是沒搞頭，你是不拖泥帶水。

像他這樣，我覺得特別有依靠。大家都有過去，但他跟過去的交往對象不會糾葛不清。

他對很多事的小細節，我看了就是欣賞，特別放心，也很自然地不避孕。

懷孕的當下，我也沒多想。那時候只覺得我們相處得很開心，氣氛很好。

後來我把驗孕棒當成禮物送給他。那一刻我跟自己說：如果他不想要小孩也沒關係，因為這不是我一個人的事情，要尊重他。

在家求婚那件事，我的反應是：翻白眼，爛透了。

懷孕前期我很不舒服，常常躺在客廳沙發上爬不起來。

有一天他回家，鬼鬼祟祟的，跑去廁所又跑去更衣室，我看著他，心想：這男人有事嗎？

然後他又去廁所，關門很大聲，我心裡大概就有底了，心想：這也太爛了吧，哈哈。可能這就不是他擅長的事。

陳姓男子：廢話，誰擅長啊？

曾愷玹：好啦，我知道他是有心的啦，只是比較拙劣一點。

陳姓男子：那是我人生第一次買戒指。

曾愷玹：他後來跟我說，他去我的更衣室，是偷一個戒指帶去店裡比對。

陳姓男子：我還跟店家說，萬一戒圍不合，要可以退。因為我不知道我偷來對比尺寸的那個戒指，她平常是戴在哪一根手指上。

曾愷玹：他很務實，婚戒也是買很基本的款式。

Q 請你們說出對彼此很欣賞的三個特質。

陳姓男子：嗯，她是正妹，這應該不算特質，正妹滿多的。

她是好媽媽，有愛心的人，對家人都很有愛，不管是對小孩或對我，以及對她的家人和我的家人。

有些女生比較自私，或是她們的愛比較有選擇性，可能比較顧自己娘家，或是只顧小孩不顧老公。

她對家人、周圍的人都有愛，這是我們還是男女朋友的時候，我就有的強烈感受。

她是負責任的人，有時候我甚至覺得她責任感過重，不太好，那會影響她身心的平衡。像有時候她可以睡晚一點，多休息一點，但她都要起來照顧小孩，很緊繃，這是負責任的個性。

我們倆自己出去度假，她都會睡到中午，完全放空。但在台北，有小孩在身邊，她早上六點多就會起床。其實我覺得沒必要這樣，但她覺得這是有必要的，她會很在意小孩的感受。

這些事，我尊重她的選擇和判斷。

她也是善良的人。很多人會為了自己的利益，甚至更無聊的是連利益都沒有，就去踩別人或害別人，但她絕不會傷害任何人，不管是對周邊親近的人或疏遠的人。演藝圈工作向來很競爭，有很多眉角，但她對人的部分是善良的，我在社會上見過很多人，對我來說，善良是一個很迷人的特質。

三個了嗚？

曾愷玹：你還可以再多講幾個啊～

陳姓男子：沒有了，我已經絞盡腦汁了，呵呵。

曾愷玹：我最欣賞他的部分，是他很有肩膀。有肩膀的男人很有魅力。有些事我不是自己做不到，但他讓我感覺，即使天塌下來，他都會幫我頂著。這是一種被保護的安全感，他一直以來都有給我這樣的感覺。

然後第二個……

陳姓男子：那麼努力想嗎？不是隨手抓來都講不完嗎？

曾愷玹：好，我想到了。

他非常寵老婆。寵老婆的程度遠遠超過寵小孩。

我比他小十七歲，常常會任性，或是以無理的方式打壓他，他一概接受。他從來不會對我發脾氣。關於這一點，我真的很敬佩這個男人。

陳姓男子：忍哪！

曾愷玹：可是他也沒有不舒服喔，他永遠都是笑咪咪的。我覺得這是一種愛的轉換，一種疼愛。我在任性的過程中也同時感受到他在愛我，哈哈，這種疼愛我一直都有放在心裡。

陳姓男子：請記錄我的白眼。

曾愷玹：第三個，他很有上進心，不管是對工作，或是對家庭，包括跟小孩和太太，也都有很好的溝通。有時不開心時，他當下或許會礙於面子做出鬼臉，或是不太甩我，但我知道他都有默默地改善。

我記得有一次我們在刷牙聊天，他跟我說，他也在學習怎麼樣當一個更好的老公。

我聽到當下覺得很感動。其實他已經是一個很好的老公了，他已經

是那麼好的老公，還想再讓自己變得更好，這就真的了不起了，我覺得。

陳姓男子：呵呵，我的模範老公範本其實就是侯文詠和另一位蔡姓大老闆。

Q 你們有為什麼事情爭執過嗎？

陳姓男子：小爭執記不起來了，大吵……結婚之後好像沒有了。

曾愷玹：沒有，結婚之後就不吵了。吵不起來。

陳姓男子：還是有不爽的時候，但沒有吵。我們好像已經知道怎麼釋放那種不爽，所以就讓它過去。

沒什麼好吵的啊，跟我的邏輯有關吧，因為我沒有要她買我的單。

吵架是這樣的，通常就是要說服對方：「我要你怎樣，但你覺得不是這樣。」但我沒要她買我的單啊，她想怎麼想就怎麼想，順著她就好，沒必要去吵，那個不爽的狀態會一下子就不見了。

Q 身為老公，你會感受到她不爽的情緒嗎？

陳姓男子：她常不爽啊，但一下子就好了。

曾愷玹：我脾氣來得快去得也快，五分鐘後就會去問他：「那你覺得那個怎麼樣呢？」

陳姓男子：那時我也就皮皮的了。

我們不爽頂多就是沉默個幾十分鐘，這就算結婚後最激烈的狀況。這可能也不算是默契，而是已經變成我們的習慣了。我是那種不高興就不愛講話的個性。

曾愷玹：我也是這樣的個性。

陳姓男子：我內心會有個警覺，不高興的時候就不要講話，因為會講錯話，或講出不該講的話。我會時時提醒自己。

我人生經驗的感受是，吵架有時會講出一些不是心裡的話，或是不該說的話，而對方會永遠記得你說出的某一句話，認為你心裡就是這樣想，但其實不是。犯這種錯我覺得很愚蠢，而且很沒有必要。

冷戰都比熱戰好。有人的理論是，吵一吵就沒事了，但我從不這麼認為。我和愷愷的冷戰不會三天、五天，都一下下而已。

曾愷玹：我本來就不是會大聲吼的人，我選擇的方式是安靜，包括我女兒惹我不開心，我也就是不講話。沒必要去追問對方說你剛剛為什麼這樣說。這方面我跟我老公滿像的，你說的別人不一定要接受啊，你的感覺別人也不一定要接受，因為每個人都不一樣。

陳姓男子：所以我從來沒要她接受我的感覺，真的。

Q 你怎麼看待愷愷這樣的女生，像她的身分是女明星，以及她跟你十七歲年齡的差距？

陳姓男子：你講的這兩個點，對我來說都不是什麼問題。外圍的人會覺得：「喔，她是女明星、喔，她跟他差很多歲。」但這兩點在我心中都不會特別被凸顯。

女明星就是一種職業。年紀呢，她也不是我約會過最年輕的女生。

Q 會因為她比你年輕很多而特別寵她嗎？

陳姓男子：剛開始跟她交往時，我會告訴自己：「要讓她。」因為

她比我小很多，偶爾有不高興的時候就會提醒自己，但沒多久我就沒有這種想法了。就是我沒有把她比我小很多歲這件事放在心上，兩個人在一起就是真的相處。

曾愷玹：以前我也會提醒他：「你是不是忘了我幾歲？你講這些我怎麼會聽得懂？」他講以前的那些人，誰知道？我比他小那麼多。

Q 你們看對方婚前和婚後的差別是什麼？對方有什麼樣的改變？

陳姓男子：我們婚前就住在一起，所以改變不大，比較大的改變是有了小孩之後。孩子出生後，她多了媽媽的身分，這個改變挺大的，從此跟我的作息，跟我和她的互動都有關係，也的確產生變化。

比如說，以前要是我出差，我們倆就會一起去，工作完我們會去某個地方玩。現在有小孩之後就沒有了，因為小孩要上學。

曾愷玹：是從今年開始而已，前四年我們都有單獨出國。

陳姓男子：對啊，這是因為小孩上學產生的變化，沒有好或不好，就是她的時間分配問題。原來給我的，就得分配到小孩身上，我不會不高興，完全理解。只是偶爾會覺得，哎……落寞，因為以前工作之餘，不管在什麼地方，兩人都可以有很多休閒的時間，像約會一樣，但現在就沒有了，就只有純工作，也不會計畫什麼倫敦結束後再去米蘭玩一下，因為小孩跟老婆都在家，工作完就飛回家，算是缺少了約會的樂趣吧。

但有小孩也有另一種快樂。

曾愷玹：他真的沒有什麼改變，還是跟以前一模一樣。

嗯，唯一的改變，就是發胖了，懶散了，現原形。居家生活的懶散，也算是他的一種放鬆，某種程度我看了會很高興，因為代表這

個家讓他很舒服，讓他怎麼擺爛都可以。

陳姓男子：我結婚以前就這樣懶散啊。

曾愷玹：你有更升一級。

Q 愷愷為什麼很堅持在家吃飯？

曾愷玹：初衷是為了他的健康著想，他常在外面應酬，吃很油、很鹹。還沒結婚前的某一天，我決定要煮晚餐給他吃，要給他吃很健康的食物。我是這樣開始煮的，不然之前我也沒特別下廚。

陳姓男子：當時就覺得，嗯，在家吃飯很不錯啊。以前我偶爾還會懷念以前某家餐廳的某道菜，現在吃習慣她做的菜，就覺得外面的菜都不好吃了。很奇怪喔。

Q 回家吃飯對你來說是很幸福的事吧？

陳姓男子：是啊！我知道做飯很辛苦，從買菜到洗菜到煮完。有時候我會跟她說，不要做了，或是少做幾頓，尤其有陣子她身體不太好，我都會跟她說不要那麼辛苦。

她做完菜，我就負責洗碗。我同事聽說我洗碗都非常驚訝，但對我來說，就只是幫她一點而已，她做那麼多家事，很辛苦。

Q 你們經常旅行，對你們來說，旅行的意義是什麼？

陳姓男子：我工作本身的需求就是要飛行，跟愷愷交往後，她開始跟我一起飛。工作之餘，我們會去度個假。過去這樣的頻率很高，因為我一年有好幾次要到處飛。對我來說，工作跟旅行的過程有個

伴，有如約會的感覺，那是很棒的，然後又離開固定的場域，感覺更放鬆，我還滿享受這件事。

後來我工作愈來愈忙，很多旅行純粹就是工作。以前如果我飛瑞士，待個五天，我每天只要工作三到四個小時，其他時間我們都可以有如度假般放鬆。但現在飛去五天，除了睡覺之外，我都得工作，所以她陪我的模式就有點不一樣了，變成都是陪我工作，包括所有吃飯時間以及跟別人談話的過程，這些都是因為我工作而產生的，跟過去不太一樣。

我感受到這個變化，所以我通常會在完成工作之後，特別再安排另一個旅行行程。但這難度愈來愈大，因為小孩在家，她很ㄍ一ㄥ，我也要喬。我也不希望變成她只是來陪伴我工作，不然她會有點無聊。

Q 旅行也考驗旅伴之間的契合度，你們曾經在旅行經驗中不愉快嗎？

陳姓男子：我們前一、兩次旅行，好像曾經有些小衝突。那時候我們才剛變成男女朋友，也還沒住在一起，旅行中二十四小時相處在一起，還是有些磨合。沒住在一起之前，旅行就是一種相處的磨合，會更了解對方。

曾愷玹：對，我們當時好像有吵架。

對現在的我來說，旅行的重點已經不是去哪個國家了，我記性也不好，甚至還會忘記去過哪裡。旅行對我來說，最大的意義是陪伴他，因為我知道他喜歡人家陪，雖然他看起來很獨立，但他喜歡被陪伴。

陳姓男子：我很獨立。

曾愷玹：嘴巴硬。

Q 你們旅行是各自打包行李嗎？

陳姓男子：是，我們對於自己穿的用的都很有主見。老婆幫老公打包行李這種事不會發生在我們身上，不是我們願不願意互相幫忙，而是各有主見。

Q 你們收到對方最特別的禮物是什麼？

兩人異口同聲：我們不常送禮物。

陳姓男子：即使生日或什麼節日，我們都不會刻意送對方禮物。偶爾我突然想到或是有空，會去買一下，但也從來不是太費心思的禮物，我不太來這一套。

（轉頭問曾）妳有送我什麼禮物嗎？妳覺得我應該印象深刻的？

曾愷玹：手錶吧，那是一個驚喜，但是是刷他的卡，還要他自己去拿。哈哈。

我送他的禮物就是每天煮飯給他吃吧。我們相處和生活所傳達的愛，存在每一天的日常細節，屬於那種默默的心意，不會特別精心準備。有時候我女兒會躲起來在地板上安靜地畫張卡片送我，我每天在廚房忙進忙出，覺得送全家一頓很健康的晚餐是很棒的事，這就是我們家傳達愛的方法。

Q 你們遇到對方，並一起組成家庭之後，覺得自己最大的改變是什麼？

陳姓男子：我在家的時間變長，跟朋友相處時間變少。

單身的時候不常在家，即使沒事也要找事出門，跟這群人或那群人混一下。

現在對待在家這件事，我可以說是甘之如飴，但也有點小遺憾，就是沒空跟朋友吃飯。我會覺得，難得週末，還是不要把老婆拖出去跟朋友吃飯比較好。即使很久沒跟朋友哈拉，但還是會做出待在家裡的決定。

這種改變是自己選擇的，不會不好，但就是不一樣。

曾愷玹：我覺得我婚後脾氣超好，以前我不爽是撇頭就走。

結婚後多了責任感吧，覺得有家庭之後好像不能再這樣了，對很多事情的容忍度變得很高，生氣的時間變得很短。

我以前滿火爆的，容易生氣，容易離開，容易放棄。現在這些都不存在了，我的氣，頂多就是翻個白眼就消了。

結婚後的摩擦和單身時的摩擦不太一樣，我知道不能再存有跟過去一樣的心態，某種程度像是一種修煉。婚姻真的是修行，我現在的脾氣好好，很難被激怒。

以前我真的很容易一個不爽就走人。

我想起來了，跟他交往一起去旅行時，吵過兩次。一次在紐約，一次在日本，我當下不爽就ㄆㄧㄡ走了，然後就關機。我以前就是這樣的人，不爽就不想跟你講話，不想看到你，也不想讓你找到，會去做自己想做的事，直到氣消了、心情好了，才會自己回去。

他應該當時很傻眼吧，我是這樣的女生。

現在應該是長大了，知道事情不能這樣解決。

Q 妳都ㄆㄧㄡ去哪裡？

曾愷玹：我記得有一次是他出來找我，不知道為什麼他找得到我。

陳姓男子：妳在新加坡也跑過啊。

曾愷玹：對齁，那我在紐約也跑過。

陳先生：妳對紐約不熟，所以我很容易找到。

曾愷玹：對啦，我會去的地方大概就那些。

Q 找到之後兩人就沒事了嗎？

陳姓男子：對啊，我覺得沒什麼好吵的。當你們決定不要在一起，
那就不用吵了，那如果還要在一起，也不要吵啊。
我參透這道理可能是因為我年紀大了，老男人還是有好處的。

曾愷玹：對啊，就沒什麼好吵的。

Q 最想跟對方說的話？

陳姓男子：媽媽辛苦了。其實當我老婆滿辛苦的。

曾愷玹：老頭子活久一點。
我常問他，那麼多女生崇拜你，會嗲聲嗲氣說：「你好厲害好棒
棒！」幹嘛要娶一個有個性的老婆？而且他應該是喜歡那種很溫順
的類型，至少幻想中是，為什麼現實生活中會娶我這種女生？

陳姓男子：因為人生總是會不順遂，哪能事事如意呢？我看透人生
就是這樣的啊。

國家圖書館出版品預行編目資料

真 ‧ 愷玹／曾愷玹著 . -- 初版 . --
臺北市：平裝本，2019.9 面；公分 . --
（平裝本叢書；第 0491 種）（迷 FAN；150）

ISBN 978-986-97906-5-9（平裝）

863.55   108013732

平裝本叢書第 0491 種

迷 FAN 150

真‧愷玹

作　　　者—曾愷玹
發　行　人—平雲
出版發行—平裝本出版有限公司
　　　　　台北市敦化北路 120 巷 50 號
　　　　　電話◎ 02-27168888
　　　　　郵撥帳號◎ 18999606 號
　　　　　皇冠出版社（香港）有限公司
　　　　　香港上環文咸東街 50 號寶恒商業中心
　　　　　23 樓 2301-3 室
　　　　　電話◎ 2529-1778　傳真◎ 2527-0904
總 編 輯—龔橞甄
責任編輯—張懿祥
美術設計—嚴昱琳
著作完成日期— 2019 年 6 月
初版一刷日期— 2019 年 9 月
初版三刷日期— 2019 年 9 月
法律顧問—王惠光律師
有著作權‧翻印必究
如有破損或裝訂錯誤，請寄回本社更換
讀者服務傳真專線◎ 02-27150507
電腦編號◎ 419150
ISBN ◎ 978-986-97906-5-9
Printed in Taiwan
本書定價◎新台幣 380 元／港幣 127 元

●皇冠讀樂網：www.crown.com.tw
●皇冠 Facebook：www.facebook.com/crownbook
●皇冠 Instagram：www.instagram.com/crownbook1954
●小王子的編輯夢：crownbook.pixnet.net/blog